新 潮 文 庫

まんぞく まんぞく

池波正太郎著

新 潮 社 版

4465

まんぞく　まんぞく

白い蝶《ちょう》

一

「ぶれいもの!!」

と、叫んだつもりだが、声になったか、どうか……。

逃げながら、真琴《まこと》は、辛《かろ》うじて懐剣を抜きはなった。

「ふん」

浪人は鼻で笑い、近寄って来た。

「寄るな、寄るな!!」

真琴が無我夢中で振りまわす懐剣を、浪人は苦もなく叩《たた》き落してしまった。

道の左側は、深い竹藪《たけやぶ》であった。

右側は、法雲寺という小さな寺の墓地の裏側になっていたが、塀《へい》もなければ垣根《かきね》もない。

樹木が鬱蒼《うつそう》としており、草の手入れもしていないようだ。

ともかくも、寺の墓地である。

墓地を駆け抜けて行けば、寺の堂宇も庫裡《くり》もあろうし、寺僧もいるはずだ。

身を返して墓地へ逃げた真琴へ、浪人が躍りかかった。

身を沈め、真琴の両脚を抱え込み、浪人は我から草の中へ倒れ込んだ。

真琴は、十六歳の少女にすぎない。

もっとも、当時の女が十六にもなれば、嫁入りをし、子を産んだとてふしぎはない。

浪人は歯をむき出し、声もなく笑い、いきなり、片腕を真琴の下半身へ差し入れてきた。

このときの、真琴の衝撃を何にたとえたらよかったろう。

当時の女が、どのようなものを肌《はだ》につけていたか、いうまでもない。

荒々しい浪人の手のうごきにたまりかね、真琴が悲鳴をあげた。

「しずかにしろ」

怒鳴った浪人が、つづけざまに、真琴の顔をなぐりつけた。

真琴は、懐剣のあつかい方も心得ていたし、薙刀《なぎなた》の稽古《けいこ》もしていて、気丈な少女ではあったけれども、野獣のごとき無頼《ぶらい》の浪人にかかっては、どうしようもなかった。

手も足も竦《すく》み、おもうままにならず、

（ああ……もう、だめ……）

すっと気が遠くなった。

この日。

真琴は、朝早くに麻布《あざぶ》・広尾にある伯父の控屋敷（別邸）を出て、目黒の先の等々力《とどろき》村へ向った。

等々力村には、真琴の乳母をしていたやすが、上の息子夫婦と共に住み暮しているが、このところ病気が重くなり、一年ほども寝込んでいた。

真琴は、その見舞いに出かけたのである。

真琴は、やすの乳をのんで育った。

母が、真琴を産むと同時に、あの世へ旅立ってしまったからだ。

ところで、真琴はひとりきりで乳母の見舞いに出かけたのではない。

控屋敷の留守居をも兼ねている山崎金吾《やまざききんご》という中年の家来が供をしていた。

山崎は、真琴の伯父の家来で、別邸に住み暮す真琴の面倒を、親身になってみてくれている。

母のみか、真琴は実父の顔も知らぬ。

それだけに、山崎金吾には子供のころから懐《なつ》いて、片時も傍《そば》からはなれなかった。

「真琴、大きくなったら、山崎の許《もと》へ、お嫁入りをする」

まだ幼女のころ、真琴が真面目顔《まじめがお》にいい出て、山崎を苦笑させたことがある。

山崎金吾には妻もなく、したがって子もない。

乳母を見舞い、ゆっくりと弁当をつかってから、真琴と山崎は帰途についた。

当時の等々力村（現世田谷区《せたがやく》）や目黒のあたりは、現代からは想像もつかぬ田園地帯であった。

初夏のことで、まだ、日も高い。

空は晴れわたっていたし、

「いかがでございましょう。ついでに、目黒不動へ参詣《さんけい》をいたしましょうか」

「あ、それがよい。名物の黒飴《くろあめ》をもとめて帰りましょう」

「心得ました」

山崎は先へ立ち、二子《ふたご》街道《かいどう》から逸《そ》れ、竹藪沿いの道を右へとった。

二人連れの、見るからに相貌《そうぼう》がよくない浪人が、真琴と山崎に目をつけたのは、いつだったろう。

山崎金吾は、彼らが襲いかかる少し前から気づいていたらしく、

「怪しき者どもが、ついてまいります」

「え……？」

「もしものときは、私にかまわず、まっしぐらに、お逃げなされ。よろしいか、おわかりになりましたな」

ちかごろは、無頼の浪人者が増える一方で、奉行所も手をやいているとか……真琴も耳にはさんだことがあるけれども、まさかに、今日このとき、危難が自分と山崎の身にふりかかろうとは、おもってもみなかった。

浪人たちは、下卑た笑い声を発し、背後からせまってきた。

山崎金吾は、人家が見えるところへ早く出ようとあせりながら、真琴を抱えるようにして足を速めた。

白昼のことだ。

しかも、武家のむすめと、その家来に襲いかかるなど、あり得ぬことだといってよい。

ふたりの無頼浪人は、物もいわずに襲いかかって来た。

「真琴さま。お逃げなされ」

「や、山崎……」

「早く、早く……後を振り向いてはなりませぬ。まっしぐらに、お逃げなされ」

真琴の背を突きやるようにしておいて、山崎金吾は踏みとどまり、大刀を抜きはらった。

真琴は、山崎にいわれるまま、竹藪沿いの道を走り出した。

どれほど走ったろうか。

息を切らせて走る真琴の前へ、浪人のひとりがぬっとあらわれ、立ちふさがった。

山崎を仲間にまかせ、駆けぬけて来たらしい。

彼らは、金品をねらって襲いかかったのではない。

いかにも初々《ういうい》しい真琴の躰《からだ》を、なぐさみものにしたいのだ。

ぐったりと横たわった真琴の、小袖《こそで》の裾《すそ》を、浪人は乱暴に引き捲《まく》った。

ふっくらと白い太腿《ふともも》があらわれ、浪人が生唾《なまつば》をのみ込んだ。

別の浪人が走り寄って来たのは、このときである。

「どうした、あの男は……？」

「殺《や》った。ただの一突きだ」

「何……」

「仕方がない。立ち向って来たのだからな」

「ま、いいだろう。おい、どうだ、この小むすめを見ろ」

「うむ。こういうのはいいなあ」

「いいだろう。な……」

「おい、急げ」

「おれから先に……」

「早くしろ、早く……」

二

墓地の草地で、ふたりの浪人が真琴を犯そうとしている。

ひとりが、真琴の下半身を押えつけ、ひとりが躰へ乗りかかってきた。

真琴は、ふっと我に返り、悲鳴をあげて踠《もが》いた。

「た、助けて……」

「うるさい!!」

また、顔をなぐりつけられ、真琴の鼻から血がふきこぼれた。

そのときであった。

真琴の両脚を押え込んでいた浪人が、

「あっ……」

おどろきの声をあげ、両手をはなした。

何処《どこ》からか飛んできた石塊《いしくれ》が、浪人の頭へ命中したのだ。

「ど、どうした?」

真琴の躰から顔をあげた浪人の鼻柱を、またも石塊が撃った。

「うわ……」

痛さにたまりかねて、浪人が両手で顔を押えた。

墓石の陰から、人があらわれた。

老人である。

白い髪を無造作に後ろへ束ね、軽衫《かるさん》ふうの袴《はかま》をつけていて、刀は帯びていない。

「おのれ!!」

先に石塊で撃たれた浪人が、はね起きざま、老人へ抜き打った。

すると、それよりも一瞬早く、老人がつけ入って来て、浪人の腕を押えると、事もなげに大刀を捥《も》ぎ取ってしまった。

そのありさまが、極く自然であった。

老人は、庭へ水を打ったり、草むしりでもするかのように、いささかの無理もなく、子供の手を捩《ねじ》るように狂暴な相手から刀を奪い取った。声もたてぬ。

そして老人は、その刀で、ひょいひょいと浪人の鼻を削《そ》ぎ、返す刀で別の浪人のむき出しになっている尻《しり》を浅く斬《き》った。

「うわあ……」

「ば、化けものだ、逃げろ」

ふたりの浪人は、道の向うの竹藪へ転げ込み、気が狂ったかのように逃げた。

老人は後を追わず、真琴に声をかけてよこした。

「むすめご。もう大丈夫じゃ。危《あや》うところだったのう」

真琴は、衝撃につぐ衝撃で、咄嗟《とっさ》に声も出なかったが、あわてて半身を起し、身づくろいにかかった。

老人は、真琴に背を向けたまま、

「送ってあげよう。家は何処《いずこ》じゃ？」

このとき、ようやくに、真琴は山崎金吾の身へ、おもいがおよんだ。

「あの、供の者が……」

いいさした真琴の全身から血の気が引いた。

真琴の躰が、わなわなとふるえ出した。

「何、供がついていたのか？」

「は、はい。曲者《くせもの》どもを防ぎとめて……」

「そりゃあ、いかぬな」

道へ走り出た真琴の後から、老人がつづいた。

髪は白いが、老人の背丈は高く、身のこなしが若者のように軽やかであった。

山崎金吾は、少し先の木立の中に倒れていた。

左胸下を、深く刺されている。

山崎も、剣術は一刀流を相当につかったというし、それを、たちまちのうちに仕留めた無頼浪人も、なまなかの腕前ではない。

「や、山崎。山崎……」

取りすがって呼びかける真琴に、息絶えた山崎金吾はこたえなかった。

「逃《の》がすのではなかった……」

と、老人がつぶやいた。

そこへ、この近くに住んでいるらしい中年の百姓が通りかかって、

「こりゃあ大変だ。先生、どうなさいました？」

と、老人へ声をかけた。老人も、この近くの人らしい。

「おお、ちょうどよいところへ来てくれた。すまぬが、はたらいてもらいたい」

「ようござりますとも」

山崎金吾の遺体が、真琴の伯父の別邸へ運び込まれたのは、この日の夕刻になってからだ。

老人が、百姓の伊之吉《いのきち》にたのむと、伊之吉は引き返して行き、三人の男たちをあつめて来た。そのうちの二人が真琴をまもり、遺体より先に別邸へ送りとどけてくれた。

後でわかったことだが、老人は下目黒に住む御用聞きの友治郎《ともじろう》という男をよびにや

り、山崎金吾の遺体をあらためさせた上で、百姓・伊之吉が荷車へ乗せ、その上から白布をかけまわし、友治郎がつきそって、広尾の別邸へ運ばせたという。

真琴は自分の部屋へ閉じこもり、虚脱していた。

真琴の伯父は、堀内蔵助直照《ほりくらのすけなおてる》といい、七千石の大身旗本で、本邸は芝の愛宕下《あたごした》にある。

真琴は、内蔵助直照の末妹元《もと》が産んだ子だ。

父親はというと、これが、よくわからぬ。

母親が亡《な》くなった二年後に、父親も病死したと聞かされ、数年前までは、これを少しもうたがわなかった真琴であったが、近年は、それだけでは納得できなくなった。

本邸で、伯父夫妻や従兄《いとこ》の三十郎直行《さんじゅうろうなおゆき》に会うのは年に数えるほどしかない。

伯父は、真琴を、

「ふびんなむすめじゃ」

と、いい、子供のときから可愛《かわ》いがってくれるが、七千石の家の殿様だし、本邸は万事に堅苦しい。

生まれたときから、別邸で、のびのび暮してきた真琴は、本邸を好まぬ。好まぬがしかし、そのうちには伯父に、自分の実父のことを、もっとくわしく語ってもらいたいとおもっているのは当然であったろう。

たとえば、山崎金吾に、

「私の父は、どのような家柄《いえがら》の御方だったのですか？」

尋ねると、山崎は急に表情を無くして、

「御名は、佐々木《ささき》兵馬《ひょうま》と申されました」

「それは知っています。山崎は、父の名前だけしか知らないのですか？」

「さよう……」

そんなはずはない。山崎金吾は真琴が生まれる前から堀家に仕えている。

いまに何も彼《か》も、そっと打ちあけてくれるとおもっていた山崎が、急に横死してしまった。

真琴は、部屋にこもったきりだ。

今日も、真琴は自分の部屋にいる。

半年ほど前に、例によって父親の佐々木兵馬のことを執拗《しつよう》に問いかけたとき、山崎金吾は、

「真琴さま……」

あぐねきったように嘆息を洩《も》らし、凝《じっ》と、真琴に見入って、

「いまに……」

微《かす》かに、洩らした。

「いまとは……いまに、亡き父上のことを、いろいろと打ちあけてくれると……?」

「いや……」

山崎は煮え切らなかった。

(知っている……山崎は、何も彼も知っていたにちがいない)

日ざしが夏めいてきて、庭の木立に、松蟬《まつせみ》の声が鳴き揃《そろ》った。

その声も、蒼《あお》ざめて坐《すわ》ったままの真琴の耳へはきこえぬかのようだ。

三

現代では東京都・目黒区の内であるが、江戸のころの碑文谷《ひもんや》は、武蔵国《むさしのくに》・荏原郡《えばらごおり》の内で、江戸の郊外であった。

この碑文谷に妙法山・法華寺《ほっけじ》という古刹《こさつ》がある。

法華寺は開創当時、天台宗だったそうだが、

「のち、日蓮《にちれん》の宗化《しゅうげ》に帰し、日源上人《にちげんしょうにん》、中興の開基なり、さらに後年、元禄《げんろく》のころに至り旧貫《きゅうかん》に復し、元の天台宗を唱う」

と、物の本に記されている。

法華寺の南面は耕地である。その一部は法華寺の所有で、寺では百姓を雇い入れ、

耕地ではたらかせていた。

田畑の彼方《かなた》に、碑文谷八幡宮《はちまんぐう》の、こんもりとした杜《もり》がのぞまれた。

耕地の一隅《いちぐう》の、竹藪《たけやぶ》を背にした小高い敷地に、藁屋根《わらやね》の、風雅な造りの家が見える。この家は、何でも法華寺にゆかりのあった人が五十年ほど前に寺の土地を借り受け、隠居所として建てたものだそうな。

いま、この家に独りきりで住み暮しているのは、関口元道《せきぐちげんどう》という老人の医者であった。十六歳の少女・堀真琴《まこと》が二人の無頼《ぶらい》浪人に犯されようとしたとき、偶然に通りかかり、真琴の危急を救ったのが、関口元道だ。

あのときの、この老人のはたらきは、到底、単なる医者のものとはおもわれぬ。もっとも、真琴は半ば気をうしないかけていたし、浪人ふたりが一瞬のうちに叩《たた》き伏せられたありさまを逐一見とどけていたわけではない。気がついて、真琴が身を起したとき、浪人どもは道の向うの竹藪へ必死に逃げ込んでいたからだ。

通りかかった村人も、関口元道のあざやかなはたらきぶりを目撃したわけではないし、元道もそれを口にしなかった。村人たちは、元道が通りかかったので、あわてた浪人どもが逃走したのだとおもっている。

ただ、元道が呼び寄せた下目黒の御用聞き・友治郎だけは、にやりとして、草の中に落ちていた妙なものをつまみとり懐紙に包みながら、

「いやどうも恐れ入りました。元道先生は大したものでございますねえ」

そっと、元道の耳もとへささやいたものである。

妙なものとは、関口元道が浪人の刀を奪い取って削ぎ落した鼻の頭であった。

「鼻欠けになっては、逃げられるものではございませんよ」

友治郎は気負って、手の者を八方へ飛ばし、無頼浪人どもの探索をはじめたが、彼らは何処へ逃げたものか、一向に足どりがつかめなかった。

碑文谷は江戸の内ではないが、御用聞きの友治郎は目黒不動から白金《しろがね》にかけてを縄《なわ》張《ば》りにしていて、土地《ところ》の人びとの人望が厚い。

そもそも御用聞きは町奉行所の手先（刑事・探偵《たんてい》）となってはたらくわけだが、奉行所に直属しているわけではない。奉行所の与力・同心の下についていて自在に活動をする。

そのため、

「お上《かみ》の御用をつとめている……」

からというので、陰へまわると悪辣《あくらつ》なまねをする御用聞きが少なくなかった。

わずかな手当が奉行所から出ても、そんなものは探索の費用の足しにもならない。

だから奉行所でも、御用聞きの目にあまる所業を、

「見て見ぬふりをする……」

ことが多いそうな。

また実際に、御用聞きの目と耳がないと、奉行所では犯罪を取り締りきれない。それだけの人数もそろっていないからだ。

御用聞きは、それぞれに縄張りをもち、縄張り内の商家などは、年に何度か、御用聞きに金をわたし、何かあったときのたのみにしている。

友治郎も、そうした金をもらわぬわけではない。

しかし、自分のふところへは入れない。

自分の手足となってはたらく密偵たちへ、分けてしまう。密偵たちは俗に「下っ引」などとよばれ、ふだんはそれぞれの職業についており、いざ事件が起ると、かかりきりになって友治郎のためにはたらく。そうした探索の費用は、おもいのほかに大きいのだ。

友治郎は、目黒不動の門前に〔海老屋《えびや》〕という茶店をもっている。茶店の経営は女《にょう》房《ぼう》のおみのにまかせ、自分は縄張り内を絶えず見まわり、犯罪を未然にふせぐことを心がけていた。

「あの二匹の狼《おおかみ》どもは、土地《ところ》に住みついているのじゃあございません。通りすがりに悪さを仕かけたのでございます」

友治郎が、関口元道を訪ねて来て、そういった。

「まだ、手がかりはつかめぬか？」

「仲間の御用聞きにも人相書を配り、ちからになってもらっているのでございますが
……」

二匹の狼というのは、ふたりの浪人のことで、人相書は関口元道が見おぼえていたから、その口述にしたがい、友治郎がつくりあげたものだ。

ふたりは共に三十前後で、見るからに兇暴《きょうぼう》の面体をしていたが、小ざっぱりとした身なりをしており、元道が奪い取り、友治郎へあずけた大刀も無銘ながら立派なもので、彼らは機会さえあれば悪事を重ねてきたらしい。

ゆえにこそ、友治郎としては、

「ほうっておけない……」

のである。

「ああ、どちらか一人でも、捕まえておくのだったのう」

と、関口元道が、ためいきまじりにいった。

「わしは、あのむすめごに気をとられていたので、つい、見逃がしてしまった……」

「ごもっともで」

「あのやつども、これからも何をするか、知れたものではないな」

「そのことでございますよ」

相槌《あいづち》を打った友治郎が、

「あの、お嬢さまは、よほど、びっくりなすったらしく、一間《ひとま》へこもったきり、出てこないそうでございます」

「なるほど」

事件後、今日で十日もたつ。

関口元道と友治郎に対しては、堀家の用人が来て、丁重な挨拶《あいさつ》をした。

七千石の大身旗本ともなれば、小さな大名も同様である。

本邸は〔表〕と〔奥〕に別れ、殿さまの堀内蔵助にしても、勝手気ままに外を出歩くことなどはあり得ない。

それに、堀内蔵助は〔御書院御番頭〕という役目についており、奉公人は、侍、若党、小者から女中たちをふくめて八十人ほどを抱えている。

「それにしましても、あの、お嬢さまには御両親がないのだそうで……」

「ない？」

「はい。お二方《ふたかた》とも、ずっと以前に、お亡くなりになったそうでございます」

「よく知っているな」

「いえ何、これも今度のことで、狼どもが堀様に何か恨みのすじでもあったのではないかと気にかかったので、一応は探ってみたのでございますよ」

「いつもながら念の入ったことよ。それで、何かわかったのか?」

「いえ、別に……ですから全く、お嬢さまは、とんだ災難でございました」

「ふうむ……」

「元道先生が通りかかられて、ほんとうによかった。そうでなけりゃあ、お嬢さまは狼どもの嬲《なぶ》りものになっていましたぜ」

関口元道は黙って、銀の煙管《きせる》へ煙草《たばこ》をつめはじめた。

御用聞きの友治郎は、三年ほど前に、白金の通りで強盗を捕えたとき、左肩を切られて重傷を負ったことがある。その手当を関口元道がして以来、気が合ったのかして親密の間柄となった。

医者といっても元道は、医生も置かぬ独り暮しで、表向きに患者をとっているわけではない。

「元道先生は、法華寺さんと何やら縁があって、五年ほど前から、あそこへ住みついておいでだが、小金をもっているらしく、万事、大様《おおよう》に暮していらっしゃる」

土地《ところ》の人びとは、みな、そうおもっているようだ。

「先生。それでは、また近いうちに寄せていただきます」

御用聞きの友治郎が腰をあげたとき、雨が落ちてきた。

「このまま、梅雨に入ってしまうのでございましょうかね」

雨は、降ったかとおもうと、すぐに熄《や》んだ。

友治郎が目黒不動前の我家へ帰ったのは八ツ半（午後三時）ごろであったろう。

茶店の裏手が、友治郎夫婦の住居《すまい》になっていた。三十をこえたばかりの夫婦には、まだ子がない。

茶店のほうには、まだ、客が入っていて、女房のおみのが二人の小女と共に、いそがしく立ちはたらいていたが、裏へまわった友治郎を見ると、すぐにやって来て、

「お前さん。お客さまですよ」

「だれだ？」

「堀様の御家来だそうです」

四

友治郎を待っていたのは、堀《ほり》家の控屋敷（別邸）につめている鈴木小平次《すずきこへいじ》という中年の侍であった。

先に、別邸の留守居をつとめ、真琴の身辺をまもっていた山崎金吾《やまざききんご》が急に横死したので、本邸から別邸詰めとなったのである。

鈴木小平次は、半刻《はんとき》（一時間）ほど待っていたらしい。

いんぎんな態度で、小平次は、帰って来た友治郎へあいさつをした。

ほんらいならば、真琴がみずから、先日の礼をのべ、お願いにあがるべきところ、何分、主人の堀内蔵助《くらのすけ》が、

「当分、外出《そとで》はならぬ」

と、命じたそうな。

「ごもっともでございます。当節は、あのようなことが昼日中に起るのでございますから、たまったものではございません」

友治郎は、目を伏せた。

「さよう……」

「それで、お嬢さまが私へ何ぞ？」

「よくは存ぜぬが、一度、控屋敷のほうへ来ていただきたいと申されるので……」

「わけもないことでございます。明日《みょうにち》にも参上いたしましょう」

鈴木は、すぐに帰って行った。

店のほうからもどって来た女房が、

「お前さん、何のことだろうね？」

「さあ、よくわからねえが……」

店では、おみのの父親・富五郎《とみごろう》もはたらいている。

茶店は、もともと富五郎がはじめたものだ。

亡父の跡をつぎ、若い御用聞きとなってから、しばしば、このあたりの見まわりにあらわれた友治郎を、おみののほうから見初《みそ》めたのだそうな。

「友治郎さんは、若いのに、しっかりしていなさる。あんな御用聞きは、めったにいないよ」

と、おみのより先に父親のほうが惚《ほ》れ込んでしまったという説もある。

ともかくも、それまでは白金九丁目の裏の小さな家で独り暮しをしていた友治郎は、おみのと夫婦になり、此処《ここ》へ引き移って来たのだ。

それは、ちょうど五年前のことで、いまの友治郎は三十三歳。おみのは二つ年下であった。

翌朝もおそくなって、友治郎は、麻布《あざぶ》の広尾にある堀家の別邸へ出向いて行った。

堀家の別邸は、麻布・南部坂下にある。

このあたりは、むかしの阿佐布《あざぶ》村で、正徳《しょうとく》三年（西暦一七一三年）に町方の支配となり、広尾町とよばれるようになった。

ゆえに、江戸の内といっても鄙《ひな》びていて、大名の下《しも》屋敷も多い。

近くを曲りくねって流れる渋谷川《しぶやがわ》の対岸などは、まるで、田園の風景そのもので、ところどころに水車小屋も見える。

堀内蔵助の別邸は、まだ阿佐布村といわれたころ、徳川将軍から拝領した敷地に、小ぢんまりとした屋敷を建てたものだ。

当時の徳川将軍は、六代の家宣《いえのぶ》である。

そのころの堀家の当主は、現・内蔵助直照《なおてる》の曾祖父《ひいそふ》にあたる堀直方《なおかた》で、家宣将軍に目をかけられていたらしい。それで、控屋敷を拝領したのであろう。

御用聞き友治郎の家からも、さして、遠い道のりではなかった。

堀家の別邸をあずかるのは、侍が鈴木小平次ひとり、あとは若党・小者などを合わせて四名、女中が三人であった。さして大きな屋敷ではないから、これで充分なのである。

友治郎が、門番に声をかけると、すぐに鈴木小平次があらわれた。

「さ、こちらへ」

鈴木は先に立ち、庭へまわった。

庭はひろい。

建物の縁に沿って右へまわると、正面の座敷の奥に人影が見えた。

その人影は、近寄って行く鈴木と友治郎に気づき、縁先へ出て来た。

堀真琴《まこと》である。

この日の真琴は髪も結わず、黒髪を後ろへ束ね、その先を古風に青磁色の布をもって包み、三つ、四つは年嵩《としかさ》に見えた。

「よくこそ、お見え下された」

と、真琴は両手をついた。

友治郎は恐れ入って、深く頭をたれたままでいる。

関口元道にしろ、友治郎にしろ、なるほど真琴の危急を救い、事後の面倒を見たわけだが、それにしても、堀家のあつかいは丁重なものだ。身分からいっても、友治郎などが七千石の大身旗本の別邸へ来て、客のあつかいを受けるのは、当時、めずらしいことではある。

「先ごろは、大変に面倒をかけました。御礼にも出られず、申しわけなくおもっています」

「と、とんでもないことでございます。どうぞ、お手をおあげなすって下さいまし」

いつの間にか、鈴木小平次の姿が消えていた。

「いえもう、ここで、結構でございます」

遠慮をする友治郎に、真琴はしきりにすすめて座敷へあげ、手を打った。すると、次の間に控えていた侍女が、友治郎のための茶菓を運んであらわれた。

友治郎は恐縮しきってしまい、ろくに、真琴の顔も見られなかった。

茶菓を置くと、侍女は次の間へ引き下がって行き、二人きりになった。

（いったい、このお嬢さまは、おれに、どんなたのみごとをなさるおつもりなのだろう？）

友治郎は、真琴にすすめられるまま、茶を一口のんだが、味もわからなかった。

五

「わたくしは、何としても、この、自分の手で、敵《かたき》を討ちたいのです」

と、堀真琴はいった。押しころした低い声が、むしろ嗄《しわが》れている。十六歳のむすめの声ともおもわれなかった。

「か、敵でございますって……」

「はい。あの二人の男たちを、この手で、何としても討ち取らねばなりませぬ」

「………」

二人の男というのは、真琴を犯そうとし、家来の山崎金吾を殺害した無頼《ぶらい》浪人のことなのであろうか。おそらく、そうにちがいない。

御用聞きの友治郎が、逃走中の浪人どもを探索しているということを、真琴は鈴木小平次からつたえ聞いて、

「ぜひとも……」

自分の敵討ちを、助けてもらいたいというのだ。

「わたくしは、実の父母の顔を知りませぬ。あの浪人に殺害された山崎金吾は、わたくしの伯父、堀内蔵助の家来ながら、わたくしにとっては、父親も同様の人だったのです」

ひたむきにいう真琴の顔は、髪を結いあげていない所為《せい》もあって、少年のように見えた。

「はい、はい。それはもう、あのやつどもは、きっと捕えてごらんにいれますが……」

いいながらも、友治郎は、

(なんといっても、大身の家のお嬢さまだ。まだ、子供のようなところがある)

と、おもった。

敵討ちと一口にいっても、七千石の旗本の姪《めい》にあたる少女が無頼浪人を相手にするとなれば、簡単にはまいらない。しかも、家来すじにあたる男の敵討ちなのである。

第一、伯父の堀内蔵助は、そのようなことを許すまい。

また、たとえ、お上《かみ》の手によって浪人どもを捕えたとしても、真琴が立ち向って勝てるはずがないではないか。

それが証拠に、真琴は浪人の牙《きば》にかけられ、わけもなく押し倒されて、犯されかかったのだ。

「その敵は、お上の手で討ちとってさしあげましょう。あのやつどもが捕まれば、御仕置はまぬがれませぬ」

「いえ、わたくしの手で討ち取りたい」

「お嬢さま……」

「それでなくては、山崎金吾に相すまぬ」

自分に、いいきかせるかのように真琴が叫んだ。

切長《きれなが》の両眼《りようめ》に、得体も知れぬ光りがやどっている。

友治郎は呆《あき》れ顔となり、まじまじと真琴を見まもったのである。

紙のように白く、艶《つや》をうしなっていた真琴の面上へ見る見る血がのぼってきて、

「なればこそ、こうして、ちからになっていただきたいと、おたのみ申しているのです」

「はい、はい」

うなずきながらも、友治郎は困惑を隠しきれない。

しかし、この後、浪人ふたりの人相書を真琴に見せることを、友治郎は約束させられてしまった。

友治郎が関口元道の閑居へあらわれたのは、その人相書を真琴の許《もと》へ届けに行った帰り途《みち》であった。

「ほう。あのむすめが自分の手で、討ち取りたいというのか……」

「元道先生は、何とおもわれますか？」

「そうじゃのう」

「そんなことが、できるはずもない。私は、そうおもいますがねえ」

「なれど……」

「へ？」

「女の一念というものは、ちょいと怖い」

友治郎がわたした人相書を、真琴は喰《く》い入るように、

「人相書に穴があくほど、いつまでもいつまでも見つめていなさいましたよ」

と、友治郎が元道にいった。

「さようか……」

人相書は、略《ほぼ》、関口元道の口述によってつくられた。

町奉行所に所属している絵師が、その人相を絵にし、特徴を文字に書く。そうなると、元道に鼻の頭を切り落された浪人などは、人相書の上で、もっとも大きな特徴を残したことになる。

この浪人について、元道は「小肥りの体格」と、のべているが、もう一人の浪人についで、

「眉間《みけん》に、大豆の粒ほどの黒子《ほくろ》あり」

と、いった。

あの一瞬の間に、よくも見とどけたものではある。

犯行によって、絵師が描《か》いた人相を木版にかけ、二十枚も三十枚も刷りあげる。今度の場合も、何しろ大身旗本の縁につながる真琴が暴行されかかったというので、すぐさま木版にかけたという。

堀真琴は、友治郎へ、

「この、二枚の人相書をいただいてもよろしいでしょうか?」

「はい、それはもう……」

友治郎へ向って、深く頭を下げた真琴へ、友治郎が、

「いかがでございます。似ておりましょうか?」

たずねてみた。

真琴も、あのときは無我夢中だったし、はっきりと浪人どもの顔を見おぼえていたわけではない。

しかし、

「この黒子に、見おぼえがあります」

はっきりと、いった。

「ふうむ……」

そのことを友治郎から聞いて、関口元道は、

「なに、眉間の黒子を、見おぼえていたと？」

「さようでございます」

「十六の小むすめにしては、しっかりしているのう」

「私も、そうおもいました」

今日も、よい日和《ひより》であった。

障子を開け放った縁先の向うの、緑蔭《りょくいん》に、白い蝶《ちょう》が一つ、はらはらとたゆたっている。

「その後、曲者《くせもの》どもの手がかりはないか？」

「それが、さっぱりなので」

「捕えたときは何とする。堀真琴に敵討ちをさせるつもりか？」

「何をおっしゃいます。これは、奉行所のすることでございますよ」

「ふうん……」

元道は、つまらなそうに鼻毛を一本、引きぬいて、

「わしが助太刀をしてやって、討たせてみるのも、おもしろいがのう」

と、独り言ちるのへ、

「先生、御冗談《ごじょうだん》をおっしゃってはいけません」

あわてて、友治郎は手を振った。

九年後

一

ここで、この物語は一気に、九年後へ飛ぶ。

すなわち、安永四年（一七七五年）の夏のことだ。

夏の或日《あるひ》の夜ふけ……さよう、五ツ半（午後九時）ごろであったろう。

本所の竪川《たてかわ》と、深川の小名木川《おなぎがわ》をつなぐ六間堀《ろっけんぼり》に、猿子橋《さるこばし》という橋が架かっているが、この橋の西詰へ二人の侍があらわれた。

二人とも酒に酔って上機嫌《じょうきげん》だ。浪人ではない。夏羽織に袴《はかま》をつけている。

およそ二百年前の、この辺りの夜ふけがどのようなものか、現代の人びとには想像もつくまい。

料理屋の提灯《ちょうちん》を手にした侍たちは、大川（隅田川《すみだがわ》）沿いの道を歩みつつ、川風に酔いをさましながら、幕府の御籾蔵《おもみぐら》のところを曲り、猿子橋へさしかかったのだ。

「ああ、酔うた……」

「大丈夫か？」

「何の……」

空は曇っていて、月もない。

深い夜の闇《やみ》が、蒸し暑く、重くたれこめている。

猿子橋は長さ五間《けん》、幅二間の小さな橋である。

「や……？」

「何だ？」

猿子橋をわたろうとして、侍たちが、いぶかしげに手の提灯を掲げ、前方を見やった。

いつの間にか、橋の中央で、二人の侍の前へ立ちふさがっている人影が一つ。夏だというのに頭巾《ずきん》をかぶり、袴をつけた腰には大小の刀を帯している。

小柄《こがら》な男だ。まるで少年のように見える。

わずか幅二間の橋の上で、小柄な男は両手をひろげて、かすかに笑ったようである。

あきらかに、これは、二人の侍を通すまいとしているのだ。

侍たちは、顔を見合わせたが、すぐさま、

「退《の》けい!!」

「おのれ、何者だ?」

大声を発した。

小柄な男は、依然、両手をひろげたまま、退こうともせぬ。

「おのれ!!」

提灯を左手に持ちかえて、右腕をのばし、侍のひとりが男へつかみかかった。

小柄な男の、細身の躰《からだ》が颯《さっ》とうごいた。

どこをどうされたものか、大男の侍が、

「ああっ……」

叫び声をあげ、その躰が橋の欄干を躍りこえ、六間堀へ落ち込んで行ったのは、つぎの瞬間である。

連れの侍は、おどろいたろうが、相手が理由もなく自分たちへ害をあたえようとしていることがわかったので、

「ぬ!!」

飛び退《しさ》って提灯を投げ捨て、大刀を抜きはらった。

橋板の上で、提灯がめらめらと燃えあがった。

小柄な男の姿が、闇の中に浮きあがった。

頭巾も小袖《こそで》も袴も白く見えて、それが人ともおもえず、刀を構えた侍は背すじが寒くなった。

提灯が燃えきると、白い男の姿が、また闇に溶けて、ふくみ笑いをする。

六間堀へ落ちた男は、対岸の南六間堀町の道へ這《は》いあがったかと見る間に、闇の中を泳ぐようにして逃げはじめた。

「おぬしも、逃ぐるか?」

白い男が、はじめて声をかけてよこした。

何が何やらわからなくなり、侍は刀を引きざま身を返し、これは大川の方へ向って逃げようとする。

その背後へ、音もなく、白い男が追いすがって来た。

そして、いきなり抜き打ちをかけた。

侍は、それもわからなかったろう。

自分の髷《まげ》を、抜き打ちざまに切り落されたことも、すぐにはわからなかったにちがいない。

必死に逃げて行く侍たちを見送った白い男が、さも愉快げに、低く笑った。

刀を鞘《さや》へおさめ、頭巾をぬいで袂《たもと》へ入れ、猿子橋を西へわたりきり、小名木川の方へ、ゆったりと歩いて行く。

もしも、白昼の光りの中で、この男を、御用聞きの友治郎《ともじろう》が見たら、どんな顔つきになったろう。

男は、男でない。

女が、男の姿をしているのだ。

この男装の女は、堀真琴《ほりまこと》である。

あの事件があってから、九年もたっているのだから、いまの真琴は、二十五歳にもなっているはずで、これが普通の女なら、二人や三人の子が生まれていても、ふしぎはない。

堀真琴の、この夜の所業を見ると、剣術を相当につかうようになったとおもってよいだろう。

いまも真琴は、自分が父ともたのんでいた山崎金吾《やまざききんご》の敵《かたき》を討とうとしているのだろうか……。

しかしながら、いまの様子では、敵を探すために侍たちを襲ったようにも見えぬ。

あれだけ、二人を嬲《なぶ》りものにしておきながら、その面体をあらためようともしなかったではないか。

ところで、九年前に、真琴と山崎金吾を襲った二人の無頼《ぶらい》浪人のことを、御用聞きの友治郎は忘れてしまっている。

二人とも、ついに見つからなかったのだ。

江戸をはなれてしまったに、ちがいない。

友治郎は何度も真琴の招きをうけ、広尾の控屋敷へ出向いて行ったが、しまいには、

「まだ、御縄《おなわ》にかけることができませんのでございます」

と、真琴に告げるのが辛《つら》くなり、ついには町奉行所のほうから、堀家へ向けて、しかるべく返事をしてもらったようだ。

その結果が、どうなったか、友治郎も知らなければ、関口元道《せきぐちげんどう》も知らなかった。

「なんでも、あのお嬢さまは、広尾のお屋敷にはいないという噂《うわさ》でございますよ」

友治郎が関口元道に告げたのは、事件後、一年ほどすぎてからだ。

さらに、

「先日、ひょいと耳にはさんだのでございますがね。堀様の跡つぎの三十郎様というお方が、お亡《な》くなりになったそうで……」

元道にいったのが、それから間もなくのことだ。

「なんでも、堀様では、その三十郎様おひとりなんだそうで」

「娘ごもいないのか？」

「そのように聞いております」

「ふうむ……」

いまの友治郎には、関口元道と語り合うたのしみが消えてしまった。

元道は、六年前から江戸にはいない。

だが、法華寺《ほっけじ》所有の隠居所は、元道が住み暮していたときのままになっている。

二

この夏の夜ふけの、六間堀に架かる猿子橋で、二人の侍を翻弄《ほんろう》した堀真琴の行方を追ってみようか……。

二人の侍が必死となって逃げ去ったのちに、真琴は猿子橋を東へわたり返し、常盤《ときわ》町《ちょう》一丁目の角を右へ曲った。

依然、あたりに人影はない。

町家の軒下を、真琴は音もなく歩む。

間もなく、小名木川に架かる高橋のたもとへ出た。

橋のたもとを右へ行くと、小さな舟着き場がある。

そこに舫《もや》ってある小舟へ、真琴はひらりと乗り移って、竿《さお》をあやつり、たちまち舟着き場をはなれた。

真琴は、万年橋の手前から堀割を右へ入り、本所の竪川へ出ようとしている。その船頭ぶりは、なかなか堂に入ったものだ。

竪川は、両国橋のあたりの大川（隅田川）から東へ向って一里九丁を万治《まんじ》二年（一六五九年）に開鑿《かいさく》した堀割で、途中、いくつかの堀割と交叉《こうさ》し、やがて中川へながれ込む。

このように、江戸のころは、土地が発展すれば、かならず水運もひらけ、水上の交通は江戸の人びとの暮しと密着していたのである。

いま、堀真琴が小舟に乗り、暗い水路を東へすすむ姿は、さしずめ、現代の自家用車を運転しているようなもので、当時にあっては便利この上もないことであった。

しばらくして……。

真琴の舟は、柳島の妙見堂《みようけんどう》前の川へあらわれた。

本尊は妙見大菩薩《だいぼさつ》だが、その霊験《れいげん》あらたかだというので、参詣《さんけい》の人が絶えぬ。妙見堂は、日蓮宗《にちれんしゆう》の法性寺の境内にあり、門前をながれる横十間川に、柳島橋という橋が架かっている。

柳島橋の下をくぐった真琴の舟は、その対岸の小梅村の一角にある舟着き場へ小舟をつけた。

まだ、夜は深い。

真琴は、小舟の舳先《へさき》にあった舟行燈《ふなあんどん》の火を提灯へ移し、田圃《たんぼ》の中の道をゆっくりと歩みはじめた。

田圃の道が突き当ったところに、一軒の百姓家がある。

竹藪《たけやぶ》を背後にした、この百姓家の裏手へまわると、古びた母屋《おもや》にくらべて、まだ新しい別棟《べつむね》の離れ屋があり、真琴は、その中へ消えた。

離れ屋は二間で、そのうちの一間は五坪ほどの板敷きになっていて、板張りの壁に、木刀がならび掛けられてあるところを見ると、まさにこれは、小型の剣術道場のようにおもわれた。

行燈へ、火を入れ、袴と小袖をぬいだ真琴へ、

「もし……もし、お嬢さま……」

外から、声がかかった。

しわがれた老爺《ろうや》の声だ。

これに対して、真琴は、

「何か用か?」

まるで、男のような口をきくのである。

「お帰りが、遅うございますなあ」

「お前の知ったことではない」

「どこへ、行っておいでに?」

「うるさい」

「このようなことでは、御屋敷へ、お知らせ申さねばなりませぬ」

「勝手にせよ」

老爺が、嘆息をもらして、

「いやはや、困ったことで……」

真琴は、鼻先で笑ったのみだ。

「お腹《なか》が、お空《す》きではございませぬか?」

「空いた」

「それでは、いま、千代に何ぞ仕度をいたさせまする」

「そうか、たのむ」

と、今度は機嫌がよい。

老爺が母屋へ入って行くと、すぐに、台所へ灯《あか》りが入った。

真琴は、板敷きの間に接した六畳の間へ立ちはだかったまま、肌着《はだぎ》をも脱ぎ捨て、腰のもの一つになった。

腰のものといっても、女のそれではない。

さりとて、男の下帯でもない。

簡単にいうなら、女の腰のものの、膝《ひざ》のあたりから下を切り捨てたようなもので、これは男装の真琴が、自分の女体に合わせて工夫をし、みずから仕立てたものなのだ。筒袖の肌着と同じ晒木綿《さらしもめん》でつくった、この腰のものを、真琴は三十枚も用意し、夏ともなれば、肌着と共に何度も着替える。

「うふ、ふ、ふふ……」

腰のもの一つで立ちはだかったまま、真琴は両腕を組み、思い出《い》で笑いをした。先刻、両刀を帯した大の男をふたりも手玉にとったことを思い出して、愉快な気分となったのであろうか……。

「ふむ……ふむ、ふむ……」

ひとりうなずきつつ、真琴は両腕を前方へ伸ばし、深く息を吸いこみ、吐いた。これを何度もつづける。

夜の灯りではよくわからぬが、顔から喉元《のどもと》へかけては日灼《ひや》けして浅ぐろく、化粧もしていない真琴の顔は、まるで少年のように見えた。

けれども、胸もとから双の乳房、胴へかけては肌が白く、乳房は豊満ではないが、過不足なく処女のふくらみをたたえている。

当時、二十五にもなる女が、処女だというのも妙なはなしだけれども、いま、こうして半裸体のままに、ひとり悦に入っている堀真琴の躰を見れば、だれの目にもそれはあきらかであろう。

総体に、真琴の肉体は引きしまっていて、ことに両腕の筋肉は、なまじの男よりも鍛えぬかれている。

この九年間という歳月を、彼女がどのように送って来たか、何よりもそれは、この肉体を見ればわかる。

真琴は、きびしい剣術の修行をつづけて、今日に至った。それにちがいない。

真琴は、着替えと肌着と腰のもの、それに手ぬぐい二本を手にすると、外へ出た。

まだ、風は絶えていて、蒸し暑い。

時刻は夜半前だ。

裏の井戸端へ来ると、真琴は頭から水をかぶりはじめた。

この家には湯殿もあるのだが、真琴が女だてらに井戸端で水を浴びるのはめずらしいことではないらしく、先刻の老爺も外へ出て来なかった。

水を浴びた躰をぬぐってから、真琴は着替えの肌着を身につけた。何とも異様な恰《かっ》好《こう》だといわざるを得ない。

そのとき、母屋の裏の戸が開き、ひとりの小娘があらわれた。

小娘は、夜食の握り飯と野菜の冷やし汁《じる》をのせた盆をささげ、

「真琴さま」

と、よびかける。

「おお……千代か」

「仕度ができました」

「さようか」

この小娘は、九年前の堀真琴そのものといってよい。

顔が似ているというのではない。九年前の真琴と年ごろが同じなのだ。

むろんのことに、小娘は武家に生まれたのではない。先刻の老爺の姪《めい》にあたる。

「千代。まだ、起きていたのか」

「だって、真琴さまが、お帰りにならないのだもの」

と、小娘は甘えるようにいう。

「ばかだな。早くやすむがよいに……」

「だって……」

「よし。中へ入って一緒に食べよう」

真琴の声だけを聞いていたら、これが女のものとはおもえぬ。ふとい声ではないが、九年前の少女だったころの真琴の声とは全くちがってしまっていた。

剣術の稽古《けいこ》で、毎日、激烈な気合声を発するものだから、声帯が変ってしまったのであろう。

離れ屋へもどった真琴は戸を開け放ち、板張りの間の中央へ坐《すわ》り、

「さ、ここで食べよう」

「あい」

握り飯は三つ。そのうちの一つを、小娘の千代へあたえ、真琴も握り飯を頰張《ほおば》り、

「うまい。中に瓜《うり》が入っているな」

「あい。そっちのほうには梅干し」

「ふうん……」

などと、このときの真琴は他愛《たわい》がない。

三

堀真琴《ほりまこと》が住み暮しているらしい百姓家の、老爺と姪の娘についてのべておきたい。

老爺の名を万右衛門《まんえもん》という。齢《とし》は六十歳だが、若いころには他《ほか》ならぬ堀内蔵助《くらのすけ》の屋敷で、中間奉公をしていたのである。

万右衛門は、このあたりでも古い百姓の三男に生まれたので、家をはなれ、武家奉公をしたわけだが、非常に気のきいた男だったので、主人《あるじ》の堀内蔵助から目をかけられた。

真琴を生むために、いまは亡き母が広尾の別邸へ移されたとき、万右衛門も、別邸

で奉公をするようになった。それも、やはり内蔵助が何かとたのみにしていたからであろう。

小梅村の家をついだ長兄が病死したのは、そのころで、さらに五年ほど後に次兄が死去した。

「どうも私のところは男が弱い。男というものは女親の躰《かつご》を受けつぐと申します。私どもの女親も四十の坂をこえて間もなく、死んでしまいました」

当時、万右衛門は同じ別邸詰めだった山崎金吾《やまざききんご》に滓《こぼ》したそうな。

万右衛門は主人から許され、小梅村から、吉《きち》という女を女房《にょうぼう》にもらい、別邸の門傍の一室で暮していた。

それはさておき、二人の兄が死んだということになると、これはどうしても、万右衛門が家をつがなくてはならぬ。

「それはそのとおりじゃ。わしも万右衛門を、いつまでもとどめおきたいが、一家をつぐということは、まことに大事である。これは万右衛門を小梅へ返さねばなるまい」

と、主人の堀内蔵助は、自分が家名の存続にいのちをかける武家だけに、万右衛門を手ばなすことをためらわなかった。

「なれど、当家との縁《えにし》を絶やすな。よいか、万右衛門」

こういって、密《ひそ》かに大枚の餞別《せんべつ》をあたえた。

七千石の大身旗本が、一中間を、このようにあつかうことは、当時、ほとんどないことだ。

なるほど、万右衛門は二十《はたち》のころから堀家へ奉公にあがり、それも、神田明神《かんだみょうじん》前の呉服店・奈良屋嘉左衛門《ならやかざえもん》の口ききによったものだし、その辺の渡り奉公の中間とはわけがちがう。

それにしても、破格のことであった。

事実、小梅村の実家へ帰ってからも、万右衛門は年に何度か堀家の、ことに別邸を訪れ、山崎金吾を通じて、堀内蔵助の内意を聞いたり、自分の近況を報告したりしている。

九年前の、あの事件の折も、万右衛門はすぐさま、小梅から飛んで来て、

「こ、こんな、ばかなことがあっていいものか……」

無頼《ぶらい》浪人に斬殺《ざんさつ》された山崎金吾の遺体の前で、泪《なみだ》ぐみつつ、つぶやいて、いつまでもうごこうとはしなかった。

そのころの万右衛門は、子もないまま、女房に先立たれていた。

万右衛門が妹夫婦に田畑をゆずり、家名だけをつぐ存在となったのも同じころで、妹の長女・千代を手もとへ引き取ったのは、それから少し後のことだ。

万右衛門は、千代に聟《むこ》を迎えて、家名をつがせようと考えているらしい。どうも、そのようだ。

いずれにせよ万右衛門は、三男に生まれた所為《せい》か、家名だの財産だのに、あまり関心がない。

「人の墓なんてものは、三代もつづけば無縁になってしまう。はかないものだよ」

そんなことを、むかしから、よく口にしたものだ。

どこか、一風変ったところのある万右衛門であった。

ところで……。

堀真琴が、広尾の別邸を出て、万右衛門の家へ移り住んだのは、四年ほど前のことである。

何故、堀家の別邸を出たのか、それについては追い追いにわかることとおもうが、万右衛門宅の裏庭へ離れ屋を建ててくれたのも伯父の堀内蔵助であるし、月に一度は、別邸にいる家来の鈴木小平次をさし向け、真琴の様子を気にかけている。

万右衛門は折あるたびに、

「早く、御屋敷へ、お帰りなさいまし」

真琴へいうのだが、真琴は鼻で笑って、相手にもせぬので、このごろは万右衛門もあきらめてしまったようだ。

「真琴さまが生まれなすったときは、こんな女になるとは夢にも思わなかったって、うちのじいさんがいっていましたよ」

などと、千代が真琴に、

「だけど、あたしがこんなことといったなんて、じいさんにいっちゃいけませんよう」

「ああ、大丈夫だ」

「御本家では、真琴さまを後つぎにして、お聟さまをとるそうですね？」

「ふん……」

「ほんとうかね？」

「ふ、ふん……」

「真琴さまのお聟さまになる人は、さぞ大変だろうねえ」

「つまらぬことを申すな」

「へえ……」

「それよりも、お前が早く聟をとって、万右衛門を安心させなくてはなるまい」

「いやですよう」

「いつまでも子供のようなことを申しているのではない。女も十六といえば、いつ人妻となってもおかしいことはないのじゃ」

すると、千代がぷっと吹き出した。

「何が、おかしい」

「だってえ、真琴さまが、そんなことというなんて……」

笑いころげる千代を見ているうち、真琴も笑い出し、

「こやつ、まだ笑うか」

千代を抱きすくめた。

「あれ、くすぐったい。やめて下さいよう」

「いや、ゆるさぬ」

こうして、ふたりは猫《ねこ》のように戯《じゃ》れ合うのである。

四

本所の竪川《たてかわ》は幅二十間もある、堀割の川だ。日中は大小の荷舟が行き交うに充分であった。

以前、竪川には六つの橋が架かっていたそうだが、いまは五つ目と六つ目の橋が取りはらわれてしまっている。

それというのも、このあたりは本所の町外れで、ほとんど田園地帯といってよく、橋を利用する人も少なかったからであろう。

そのかわり、五つ目の橋があったところに渡し舟が一艘《そう》あって、これを土地《ところ》の人びとは、

「五ツ目の渡し」

とか、

「門兵衛《もんべえ》渡《わた》し」

などと、よんでいる。

むかし、このあたりに住む門兵衛という男が奉仕的に舟渡しをしていたところから、いまも彼の名が残っているわけだが、いましも、この門兵衛渡しの舟に乗って、深川の方から本所の方の岸辺に降り立った老人の顔を見たら、堀真琴も、

「あっ。あのときの……」

よもや、見忘れてはいなかろう。

白髪の老人は、九年前に真琴の危急を救った関口元道であった。

いまの元道は、七十を越えているのだろうが、九年前と少しも変っていない。血色もつやつやとして足取りもたしかだ。

塗笠《ぬりがさ》をかぶった元道は灰色の帷子《かたびら》を着ながしにして、白足袋に草履をはき、腰には短刀ひとつ。竹の杖《つえ》を手にしている。

五ツ目を北へ通っている道を、「五ツ目道」とも「五ツ目通り」ともいう。

このあたりは、見わたすかぎりの田畑と木立であった。

ただ、竪川に沿った道には、小さな商店や飯屋、居酒屋などがならんでいる。

関口元道は、五ツ目道の左側の、木立の中の一軒家を目ざして歩む。

この一軒家からは、木刀の打ち合う音、激しい気合声が外へ洩《も》れている。

あきらかに、これは剣術の道場だ。

道場は、百姓家だったものを改造したらしく、二十坪ほどあるが、それにしても古びていた。

その裏手に、道場主の住居《すまい》と見える三間《みま》つづきの家があった。この家は数年前に改築したものらしく、たとえば茅《かや》ぶきの屋根などがふきかえてある。

元道は、この住居のほうへ行きかけたが、おもい直したように、道場のほうへ足を向けた。

時刻は、四ツ(午前十時)ごろであったろう。

道場の前庭には、このあたりの百姓たちと子供が三人ほどいて、道場の稽古を見物していた。

笠をかぶったまま、関口元道は、見物の人びとの背後に立った。

夏ともなれば、前庭に面した道場の戸をすべて開けはなってあるから、稽古の様子が隈《くま》なく見える。

「ほう……」

笠の内で元道の、低いが、おどろき声が洩れた。

いましも、道場で、若い侍を相手に稽古をつけている、これも若い……つまり、堀真琴を見たからである。

「それっ!!」

真琴の声と共に、若侍は右腕を打ち据《す》えられ、木刀を取り落し、

「まいりました」

と、叫ぶ。

「まだまだ……」

「はい」

「さ、まいれ」

奮然として木刀をつかみ直し、若い侍がふたたび打ち込んで行ったが、手もなくあしらわれ、面と籠手《こて》をつづけざまに撃たれて、またも木刀を取り落した。すると侍は、

「ごめん!!」

大手をひろげて、真琴へ組みついて行く。

「おお」

こたえざま、真琴が身を沈めると、侍の躰《からだ》は宙に浮いて床板へ叩《たた》きつけられた。

外の子供たちが歓声をあげ、百姓のひとりが、

「強《つえ》えのう」

と、つぶやく。

彼らは、真琴が女だと知っているのだろうか。胸のあたりまで灰色の布を巻き、その上から紺木綿の稽古着をつけ、木刀をふるっている堀真琴は、男そのものといってよい。こうしてみると双の乳房は、ほとんど目立たぬ。

「つぎ、まいれ」

真琴の声に、別の侍が立ちあがったとき、関口元道は身を返し、裏手へまわった。

裏手の母屋《おもや》は、こんもりとした木立に包まれている。

元道は、垣根《かきね》からくびをのばし、

「久しいのう」

と、声をかけた。

手入れもせず、夏の雑草が生《お》い茂る庭に面した縁側で、のんびりと足の爪《つめ》を切っていた坊主頭《ぼうずあたま》の老人が顔をあげ、

「や……元道さんではありませんか。こりゃあ、おどろいた」

目をみはって、立ちあがった。

これが、この道場の主《あるじ》であった。

名前を、桑田勝蔵《くわたかつぞう》といい、年齢は五十九歳で、妻も子もない。

「昨夜は、深川の、知り合いの家へ泊ったのでな。ちょうど、よい折だから、お前さんの顔を見に来た。相変らず、元気だのう」

「いやなに、ちかごろは、もう、すっかり怠けてしまって……あ、こちらへ入って下され。さ、さ……」

「よいのか？」

「よいも何も……」

枝折戸を開け、庭先へ入って来た関口元道が、

「お前さんのところには、なかなかの手足《てだり》がおるのう」

「え……」

「いま、道場で稽古《けいこ》をつけているのを、ちょいと見てきたわえ」

「さようで……では、あれ《ヽヽ》が女性《にょしょう》であることに気づかれたか？」

「あの女は、わしの知っている女じゃ」

「えっ……」

「前に、あの女の危難を救うてやったことがある。そのころは、しっかりしてはいても、ほんの小娘であったが……」

「ほう……これは、おもしろい。そのはなしを、今日はゆっくりと……」

「ついでに泊めてくれるか?」

「のぞむところですよ。ところで元道さん。江戸へ、いつ、もどられましたか?」

「つい、五日ほど前じゃ」

「では、また、目黒の法華寺《ほっけじ》へ……」

「そのつもりじゃが、まだ、行ってみぬゆえ、どうなるかわからぬ」

「どこへ行っておられたのです?」

「諸国にいる、むかしの友だちがなつかしくなり、わしが死ぬる前に顔を見ておきたいと考え、訪ねてまわるうち、いつの間にやら、六年もたってしもうたわ」

桑田勝蔵は、台所へ入り、もてなしの酒の仕度にかかった。

五

昼すぎになって……。

稽古を終えた堀真琴《ほりまこと》が、髪をととのえ、着替えをすませて、母屋の桑田勝蔵のもとへあらわれた。

道場へ来ては、さすがに水浴びもできない。物蔭《ものかげ》へ入り、桶《おけ》の水へひたした手ぬぐいで躰の汗をぬぐうのである。

桑田道場の稽古は、朝も暗いうちから始まる。

このときは桑田勝蔵が道場へ出て、真琴も、他の門人たちと共に、勝蔵に稽古をつけてもらう。

この時刻に道場へあらわれる門人たちの数は少ないが、いずれも剣ひとすじに生きぬこうとする者ばかりであった。

約二刻《ふたとき》(四時間)の稽古を終えると、桑田勝蔵は水を浴びて母屋へもどり、食事をとる。

真琴も、千代がつくってくれた弁当を食べる。

半刻後に、また、稽古がはじまる。

これからの稽古は、桑田道場の高弟三人(この中に真琴も入っている)が交替で、若い門人たちへ稽古をつける。門人の中には土地の百姓や町人もまじっている。

ちょうど、この日は、真琴の当番で、

「稽古が終りました」

庭先へ入って来た真琴が桑田勝蔵へ一礼したとき、関口元道の姿はなかった。

元道は、

「まあ、わしが会っても仕方がないわえ」

真琴が母屋へ近寄って来る姿を見るや、そういって、つぎの間へ姿を隠したのだ。

だが、真琴も師匠と語らっていた元道の姿を、遠目にちらりと見ている。

「先生、御客来《おきやくらい》でございましたか」

「うむ……」

真琴は、気にもとめず、

「では、これにて帰ります。よろしゅうございましょうか？」

「おお、御苦労」

真琴は深く頭を下げ、庭先から立ち去って行った。

つぎの間から出て来た関口元道が、

「あの女、剣の筋がよいらしいな」

「よい。いまは、おもしろくてたまらないところですよ」

「なるほど。ところで、お前さんは、あの女が七千石の直参《じきさん》・堀内蔵助《くらのすけ》の姪《めい》だと知っていなさるか？」

うなずいた桑田勝蔵が、

「湯島の金子孫十郎先生にたのまれ、あれの身柄《みがら》をあずかったとき、金子先生が拙者へ、密《ひそ》かに打ちあけましたよ」

「そうか……」

真琴があらわれたとき、二人の酒盛りは始まったばかりだったらしい。

関口元道は、

「今日も暑いのう」

片肌《かたはだ》をぬぎ、茶わんの冷酒をのみはじめつつ、

「そもそも、あの女が、女だてらに剣術をつかうのは何のためか、お前さん、知っているかね？」

「好きだからでしょう。これぱかりは理屈も何もない。拙者も、あんたもそうだった」

「なれど、堀真琴は女じゃ」

「女も男もない。何かの拍子で、この道へ足を踏み込み、好きになってしまったものはどうしようもない」

「なれど……」

「いや、拙者も金子先生にたのまれているのですよ。真琴が一日も早く、堀家へ帰るように仕向けてくれと……」

「おもいきり、たたきのめしてやればよい」

「やった。やりましたよ、それは……しかし、どこまでも拙者にくっついて来る。したがって腕はあがる。こうなってくると、拙者もたのしみになってきて……」

と、勝蔵は目を細めた。

「お前さんは、あの女が何のために剣の修行をしているのか、よく知らぬらしい」

「それは、どういうことなので？」

「敵《かたき》を討ちたいのだよ」

「えっ……」

「どうじゃ。知らなんだろう？」

「い、いったい、だれの敵を討つつもりなのです？」

「堀家に仕えていた男の恨みをはらしたいのじゃ」

「何ですと……？」

元道は、茶わんの酒をゆっくりとのみほしてから、

「あの女の身柄をあずかっているからには、お前さんも、よくわきまえていたほうがいい。なれど、当分は、その胸ひとつにおさめておくがよいだろう」

「はあ……」

「実は、な……」

「ふむ、ふむ……」

と、桑田勝蔵が身を乗り出してきた。

庭先へ、夏の日ざしがかっと、さし込み、木立に蝉《せみ》の声がわき起った。

「さよう。ちょうど九年も前のことになるが……」

と、関口元道は、真琴を救ったことや、彼女が父ともたのむ、家来の山崎金吾《やまざききんご》が浪人に殺害された一件を語りはじめた。

桑田勝蔵は、酒の入った茶わんを口へ運ぶことも忘れ、聞き入っている。

そのころ、堀真琴は万右衛門《まんえもん》の家へもどりつつあった。

真琴の面《おも》だちは、よくととのっているが、いわゆる〔男顔〕というのであろう。そのきりりと引きしまった顔に化粧の香もなく、髪や風体は剣士そのもので、歩む足取りも女のものではない。

道行く人びとも真琴を見て、これが女だとはおもわぬ。

けれども、そこは口や筆にはつくせぬ風情《ふぜい》が真琴の姿からただよっていて、女だとはおもえないが、

(まるで、女のように美しい……)

と、見る人もいて、擦れちがった真琴を振り返り、後姿に見とれていることがしばしばある。

本体が女ゆえにこそ、真琴の動作、物腰が尚更《なおさら》に颯爽《さっそう》として見えるのであろう。

ところで、関口元道は、真琴がいまも敵討ちをあきらめないと看《み》ているようだが、いささかちがう。

むろんのことに、あの二人の無頼《ぶらい》浪人を見つけたとしたら、真琴は容赦なく、彼ら

を討ち取るにちがいない。

だが、何としても、手がかりがつかめなかった。

御用聞きの友治郎からの連絡も絶えてしまったし、奉行所からは何の知らせもない。

はじめのうちは、真琴から友治郎への連絡を絶やさなかったが、いまは、していない。

いまの堀真琴は、九年前の真琴ではない。

先《ま》ず第一に、いまの真琴は、正式に伯父・堀内蔵助の養女となっている。

堀内蔵助の長男・三十郎直行《さんじゆうろうなおゆき》が急死したことは、すでにのべておいた。

或日《あるひ》、急に激しい腹痛が三十郎を襲った。

三十郎は転げまわって苦しみ、駆けつけた医者も、ほどこす術《すべ》もなかったという。

現代でいう腸捻転《ちようねんてん》であったやも知れぬ。

ともかくも、当時の医術ではどうしようもなかったのだ。

その後、堀内蔵助は正室の他《ほか》に側室もいたが、どうしたわけか、子は三十郎ひとりで、他に子はなかった。

内蔵助は、こうなれば、堀家の血を引いた姪の真琴を養女にして、これに聟《むこ》を迎え、堀家の存続をはかるが、

「もっともよい」

と、いい出した。

ときに、真琴は十七歳で、まだ敵討ちをあきらめてはいなかったのである。

六

真琴を養女にする件については、堀内蔵助の希望でもあり、何よりも内蔵助夫人・弥栄《やえ》が、これを強く望んだ。

弥栄は病身ながら、長男三十郎を生んだが、むろんのことに、これより先、子を生めるはずもない。

弥栄は、夫の姪にあたる真琴に好意をもっていたらしい。それにまた一つには、夫の内蔵助が世つぎの子を欲しがるあまり、新たな側室をもうけたりすることを、ふせぎたかったのであろうか。

あるいは、何か別の意味があったのやも知れぬ。ちなみにいうと、真琴が二十五歳になったいま、この伯母は、すでにこの世の人ではない。真琴が正式に堀家の養女となってより、二年後に病死したのだ。

ところで、堀内蔵助という人物は、色情の強い人ではなかった。

いまもいる側室は、堀家の奥女中をしていた女であるが、これとても、長男の三十郎以外に子が生まれぬため、手をつけたといえなくもない。

その三十郎が急死してしまったように、当時の人びとの死亡率はまことに高かった。

医薬の発達のちがいもあったが、たとえば、細菌に対する防御の点で、日本のみならず、世界の人びとは、

「なすことを知らなかった……」

のである。

武家は、後つぎの子がないとき、幕府によって取りつぶされてしまう。

したがって、家名を後世につたえるためには、

「何としても……」

後つぎをもうけ、幕府の許可をとっておかなくてはならぬ。

伯父の堀内蔵助は、当時、そろそろ五十になろうという年齢だったし、自分が女に子を生ませることもむずかしいとおもったのであろう。

それよりも、いっそ、自分が我子のようにおもう姪の真琴を養女にして、聟を迎え、子が生まれたなら、その子には、まぎれもなく、

「堀家の血が入る……」

ことになる。

妻の弥栄に、このことを打ちあけると、弥栄も賛成してくれた。

そこで内蔵助は、広尾の別邸にいる真琴を、芝・愛宕下《あたごした》の本邸へよびよせ、養女の縁組について申しきかせ、

「真琴にも、異存はあるまいな？」

念を入れるや、真琴は両眼《りょうめ》を閉じ、かなりの間、押し黙って考えこむ様子に、内蔵助は不審を抱き、

「何としたぞ？」

問いかけると、真琴がぱっと両眼をひらき、

「伯父さまのおことば、かたじけのうございます。なれど……」

「なれど？」

「お受けいたします前に、真琴より、お願いのすじがございます。そのことを伯父さまがおゆるし下さいますならば……」

「わしの養女になってくれると申すのじゃな？」

「はい」

「遠慮なく、何なりと申してみよ」

「では、申しあげまする」

と、真琴は、これより先、自分が思うままに、剣術の修行をつづけることをゆるして下さるなら、堀家の養女になると言い出したのである。

「何と……?」

堀内蔵助は、眉《まゆ》をひそめた。

「そなたは、まさかに、いまもって山崎金吾の敵を討つなどと、おもうているのではあるまいな?」

真琴は、この問いにこたえなかった。

しかし、この交換条件を断じてくずさぬという強い姿勢を見せた。

「はて……」

内蔵助は、つくづくと姪の顔をながめやり、

「そなたの強情は、幼ないころと少しも変らぬのう」

と、つぶやいた。

この伯父に対し、幼なかったころの自分が、さほどに強情を張ったおぼえはないのだが、伯父は、たしかにそうつぶやいた。

この日は、真琴の願いを聞いたのみで、内蔵助は真琴を別邸へ帰した。

それから数日の間、堀内蔵助は自分でも考えたし、妻にも相談をした。

妻の弥栄は一も二もなく、

「それほどのことなれば、お聞きとどけておやりなされませ」

「女の身で武術の修行にはげむというのは、あまり、ほめたことではない」

「なに、いつまでも、つづくものでもございますまい」

と、弥栄は楽観的であった。

無頼浪人どもの手ごめになりかけたことが無念で、気丈な娘だけに、女ながら男に負けぬほどの剣術を、

「身につけたいと、おもいたったのでございましょう。それも、真琴らしゅうございます」

「ふうむ……」

真琴は十三歳のころ、

「これも、武家の女の躾《しつけ》とおもうがよい」

そのときは、堀内蔵助からの指図により、湯島五丁目に一刀流の大道場を構える金子孫十郎信任《のぶとう》にたのみ、高弟の田村某を別邸へまねき、真琴に懐剣のつかい方や小太刀をまなばせたことがある。

これは、月に五、六度の稽古《けいこ》というわけで、約二年つづいた。

田村某にいわせると、真琴は少女ながら、剣のすじはよかったそうな。

真琴も熱心に稽古をしたようだが、田村某が自分の故郷へ帰ったので、金子孫十郎は、

「もはや、これほどにてよろしゅうござる」

と、堀内蔵助にいったそうな。

金子孫十郎の名は、江戸の剣術界に知れわたっており、諸家との交際もひろい。真琴も、当時は、それ以上の執着《しゆうじやく》を剣の道にもたなかったといってよい。それもまた、当然というべきであろう。

だが、二年にわたった真琴の稽古、その剣術も、あの無頼浪人の前にはひとたまりもなかったのだ。

(それが、よほどに無念であったのか……)

そうおもうより、仕方がない。

二人の浪人たちは、江戸から逃げてしまったらしく、手がかりすらつかめないのだから、真琴も敵討ちの件などは、あきらめているに相違ない。そもそも、家来の敵討ちを主筋の女がするなどとは、

「もってのほか……」

の、ことなのである。

そこで堀内蔵助は、ふたたび真琴をよびよせ、

「そなたは、山崎金吾の敵を討つために、剣をまなぶのではあるまいな?」

念を入れると、真琴は、

「はい」

きっぱりと、こたえたではないか。

けれども、この時点における真琴は、敵討ちをするために剣をまなぶ決意をしていたのである。

だが、それを、だれにも洩《も》らさなかった。

自分の決意を実現させ、あの浪人たちを討てるほどの自信がついたなら、江戸をはなれ、敵討ちの旅へ出るつもりでいたのだ。

ならば、堀家の養女の件はどうするつもりなのか……。養女になったら、そのような勝手気ままな行動はゆるされない。

(あとは知らぬ。伯父さまが、いかに、お困りになろうとも、私は知らぬ)

敵討ちの件は別にして、むしろ、堀内蔵助に対し、真琴は一種の復讐《ふくしゅう》をするつもりでいた。

七

真琴《まこと》は、伯父の堀内蔵助直照《ほりくらのすけなおてる》に対し、強い不信感を抱いていた。

それは、真琴の胸の底に幼ないころから積もり重なってきたもので、彼女自身が、

(われながら、もてあますほどの……)

ものなのである。

いうまでもなく、生母の元《もと》と実父の関係を、伯父はいまだに真琴へ打ちあけぬ。

山崎金吾《やまざききんご》は、実父の名を、

「佐々木兵馬《ささきひょうま》」

と、告げてくれた。

それ以上のことは、真琴が成人したあかつきに、

「いずれ、おわかりになるときも、あろうかと存じます」

何やら、煮え切らぬ口調で、密《ひそ》かにささやいたものだ。

ともかくも、生母は真琴を産むや、すぐに亡《な》くなり、山崎金吾もいまは亡き人となってしまった。

これまでに何度も、真琴は伯父に、実父のことを尋ねたが、そのたびに堀内蔵助は、

「わしも知らぬ」

とか、

「この伯父を実の父とおもうておればよい」

とか、わけのわからぬことばかりいうのみだし、ついには、

「つまらぬことを、いつまでも気にかけているのではないと申すのが、そなたはわからぬのか」

声を荒げ、席を立ってしまう。

真琴も、しまいにはあきらめてしまったが、いまもって釈然としない。

ただ、山崎金吾の口から洩れ聞いたところによると、真琴の母は、少女のころから麻布《あざぶ》・広尾の別邸に住み暮すことを好んだそうな。何につけてもいかめしい七千石の本邸に暮すよりも、数少ない女中や家来たちと共に、のびのびできる別邸暮しがよかったのであろう。

これは、真琴自身がそうだったのだから、亡母の気持は、よくわかる。

それはともかく、真琴が物心がついたとき、亡母が生きていたころに仕えていた人びとは、いずれも姿を消してしまっていたらしい。

その中で山崎金吾ひとりは、依然、別邸にとどまり、真琴をまもっていてくれたのだ。

いずれにせよ、真琴の両親について、堀家の奉公人は、

「何も存じませぬ」

このことであった。

たとえ知っている者がいたとしても、堅く堅く口を閉ざしているにちがいない。

七千石の旗本といえば、先《ま》ず小さな大名のようなものだし、ずっと別邸暮しを通して来た真琴には、不明、不可解なことが多すぎるのだ。

さて……。

堀内蔵助は、真琴の養女縁組がととのうや、

「上《かみ》屋敷へもどるように」

と、真琴へ命じてきた。

すると、真琴は、

「上屋敷に住むも、控屋敷に住むも同じことでございます」

きっぱりと、こたえて、別邸からうごこうともせぬ。

「わがままはゆるさぬ」

内蔵助が叱《しか》ると、

「では、実の父上のことを、くわしく、おはなし下されませ」

「う……」

「それならば、上屋敷へもどりましょう」

「勝手にせよ」

内蔵助は、さも不快げな一言を残し、席を立ってしまった。

(かくなった上は、一時も早く、真琴に聟《むこ》をとらせ、上屋敷へもどさねばならぬ)

と、内蔵助はおもった。

このうちにも、二年、三年と歳月がすぎて行く。

この間、堀真琴は、雨、風、雪の日とて、一日もやすまずに、広尾の別邸から湯島の金子道場へ通いつめた。往復約三里を、真琴は物ともしなかった。

そして、真琴の腕前は、急速に上昇した。

男女にかかわらず、おのれの肉体をもって一芸にはげみ、たまたますじがよくて上達が速いとなれば、尚《なお》も修行に打ち込むのは当然で、これは現代の女性スポーツ選手をみればわかることだ。

江戸時代にも、女流の剣士は数少なかったが、たしかにいた。

げんに、市《いち》ヶ谷《や》の長延寺谷町《ちょうえんじたにまち》に、これも一刀流の道場を構える井関忠八郎《いぜきただはちろう》の門人の中には、佐々木三冬《みふゆ》という女の剣士がいて、井関道場の四天王のひとりだという。

佐々木三冬は、何でも、いまをときめく幕府老中・田沼主殿頭意次《たぬまとのものかみおきつぐ》の血をわけた女《むすめ》らしい。むろんのことに正夫人の腹から生まれたのではない。

そのためか、田沼意次は井関道場へ惜しみなく後援をあたえ、道場もひろげ、門人の数は二百余をこえるにいたったが、この春ごろから、井関忠八郎は病床についているという噂《うわさ》が、真琴の耳へも入っていた。

堀内蔵助は、何度も金子孫十郎にたのみ、一時も早く真琴に剣術をやめさせようとはかり、金子も賛成で、ついには、

「もはや、わが道場へ来るにはおよばぬ」

おもいきって、申しわたしたのが、四年前のことであった。ときに真琴は二十一歳。

こうなれば、どうしようもない。本邸へ帰るだろうと、金子孫十郎は考えたのであろうが、もはや真琴は、剣の道から、

「はなれようとて、はなれられぬ……」

女となってしまっていたのである。

そこで真琴は、かねて知り合いの桑田《くわた》勝蔵《かつぞう》の道場へ通いはじめた。

勝蔵は、父の代から、近江《おうみ》・彦根《ひこね》の浪人で、かつては金子孫十郎の門人であった。

なればこそ、桑田勝蔵が関口元道へ、

「金子先生から、真琴の身柄《みがら》をあずかっている」と、語ったのだ。

金子孫十郎は、

「早く、堀家へ帰せ」

というし、真琴は、いうことを聞かぬし、桑田勝蔵は困っているわけだが、その一方で、この女の門人が尚も腕をあげ、いまは、道場のすぐ近くの農家へ身を移して来たので、

「教えるのが、おもしろくなって、ちょいと手ばなせなくなりましたよ。もう少しで、あれは大変な剣客になる。道場をかまえてもおかしくない」

と、勝蔵は元道に語った。

堀内蔵助も、ほとほと困惑している。

幕府へのきこえも悪い。

これまでに、何度も真琴に縁談があったし、真琴も、頭から問題にしないというのでもない。

「私めを打ち負かすほどの男なれば、どなたにてもかまいませぬ。妻となりまする」

これが、真琴の条件であった。

八

「男は、おのれの過去を忘れず、これにこだわり、女は、あくまでも現実に生き、いつの間にか、その過去を忘れてしまう」

などと、よくいわれている。

すべての男や女が、そうだとはいえぬが、

「そのとおりのところもある」

と、いえなくもない。

ともかく女は、現在、わが身が生きている時点において、ちからを発揮する実例が多く、それぞれの女の立場と環境により、その善し悪《あ》しはさまざまだが、堀真琴の場合はどうであろうか……。

いまの真琴は、ことあるたびに、亡き山崎金吾を偲《しの》んではいるけれども、その敵討《かたきう》ちについてはあきらめている。

あきらめたからこそ、伯父の養女となったのだ。

しかし、万一にも、あの浪人どもが江戸へあらわれ、その居所《いどころ》がわかったとしたら、真琴は単身出向いて行き、だれの目にもふれぬようにして、浪人どもを斬《き》り殪《たお》すにちがいない。

だが、のぞみは絶えたといってよい。

あきらめが、忘却に変った。

一念、敵を討たむがために始めた剣術の修行であったが、はげむにつれて上達し、男の剣士たちと闘っても、負《ひ》けをとることはめったにない。

こうなったときの愉快さ、爽快《そうかい》さは、真琴が女の身だけに、層倍のものとなって、

(油断はならぬ。どこまでも修行じゃ。修行を忘れてはならぬ)

つとめて自分の慢心をいましめているが、ともすれば、

(強い。私は、ほんとうに強くなったようだ……)

おもわざるを得ないのだ。

その自信と慢心の差は、紙一重なのだが、まだ真琴は、そこに気づいていない。

何となれば、夜ふけの猿子橋《さるこばし》へあらわれ、通りかかった二人の侍をからかい、川へ投げ込んだり、髷《まげ》を切ったりするといういたずらをしてのけたではないか。

このようなことを、毎夜しているわけではないが、一年前の、いまごろから、二月《ふたつき》に一度か三月《みつき》に一度、ときには月に二度もやってのけては、

（うむ。愉快、愉快）

ひとり、会心の笑みを浮かべる真琴なのである。

真琴は、総じて、世の男という生きものに、不信と憎しみを抱いているようだ。

自分の実父だという佐々木兵馬にしても、

（母を騙《だま》した上に、何処かへ逃げ去ってしまったのであろう。なればこそ、伯父上は兵馬のことを、おはなしなさらぬのだ。私を手ごめにしようとした、あの浪人どもと同じような男であったやも知れぬ）

母と父のことを知りたいのは、父を慕っているからではない。母が何故《なにゆえ》に、不幸な、短い生涯《しょうがい》を終えたのか、それを知りたいからだ。

もしも父が、何処かに生きているとしたら、

（そこへ行って、存分に懲らしめてやりたい）

ほどであった。

少女のころから別邸に暮していた亡母が、佐々木兵馬に騙されたということはあり

得ることだ。それほどに別邸の生活には、本邸にない自由さがある。

たとえば九年前の、あの日に、真琴が山崎金吾ひとりを供にして、等々力《とどろき》村にいる乳母の見舞いに出かけた、あのような自由は本邸にない。

本邸の伯父にしても、真琴の眼《め》から見ると、ひたすらに家名の存続をねがい、そのためには、どのようなことでもしてのける男におもえる。

自分を養女にしたのも、その一念からだ、と、真琴はおもいこんでいるのだ。

(男というものは、何と身勝手で、いやな生きものなのだろう)

たとえば、剣術の稽古《けいこ》にしてもそうなのだ。真琴が相手の木刀を打ち落すと、相手は大手をひろげて組みついてくるではないか。

真琴に投げつけられるのはわかっていても、組みついてくる。

そして、汗と温気《うんき》に蒸されて、一入《ひとしお》濃くなった真琴の、その女体のにおいを嗅《か》ぎ、吸い込み、よろこんでいるのである。

そんなやつどもは、おもいきり投げ飛ばし、叩《たた》きつけてやるのだが、

「いやどうも、こたえられぬな」

「真琴どのとの組打ちは、瘤《こぶ》の一つ二つにはかえられぬよ」

「それにしても、男を知らぬ女のにおいというのは、また格別だな。白粉《おしろい》のにおいなど、くらべものにならぬ」

「そのことよ」

「あれで、二十五か……」

「そうは見えぬ。はだけた稽古着の、胸のあたりまで巻きしめた布から、乳房《ちち》の上の
「ほうがちらりと見えて……いや、たまらぬのう」

「うふ……」

などと、金子道場でも、ひそひそとやかましかったものだ。

いわゆる、女の月のものが近くなると、真琴の女体のにおいは一段と濃くなる。

真琴の血が妖《あや》しげにさわぎはじめるのも、そのときであった。

(かようなことを、してはならぬ)

自分でも反省をし、堪《こら》えるときもあるが、堪えきれないときもある。

何故だか、自分でもわからない。

堪えきれなくなると、頭巾《ずきん》に面《おもて》を隠し、夜ふけの巷《ちまた》へ出没し、男を……しかも両刀を帯した侍をねらって、喧嘩《けんか》をしかけ、川へ投げ込んだり、髷を切ったりする。

そうすると、胸がすっとして、さわぐ血もしずまるおもいがする。

堀真琴にとって、これは強烈な陶酔であり、一種の中毒になってしまった。

真琴に髷を切られ、ざんばら髪を振り乱し、地面へ落した刀もそのままに、大の男が這《ほ》う這《ほ》うの体で気が狂ったように逃げて行く姿のあさましさ。それを見ると、真琴

は尚更に、男というものへの不信感がつのり、それが軽蔑《けいべつ》に変ってくるのを、どうしようもなかった。

（男なら、負けてもよい。私に斬られてもよい。いさぎよく最後まで立ち向って来るべきではないか。それでこそ男、武士というものじゃ）

このことである。

現代の女性には〔男女同権〕のスローガンがあたえられたが、江戸時代に、このスローガンはない。

そのかわり、堀真琴は数少ない女流剣士のひとりとなって、何やら、

「うっぷんをはらしている……」

ように、おもえる。

稲妻

一

目黒に近い白金《しろがね》六丁目に、黄檗派《おうばくは》の禅林《ぜんりん》で瑞聖寺《ずいしょうじ》という大寺院がある。

その門前に〔佐竹屋〕という茶店があり、酒も出すし、飯も出す。

夜になると、近辺の商家の人びともやって来るし、何といっても、このあたりには大名の下《しも》屋敷（別邸）が多い。そうした下屋敷のすべてがそうだというのではないけれども、夜がふけると、下屋敷の中間部屋が博奕場《ばくちば》となるところが多い。そこへ出入りする連中が酒をのみにあらわれる。

中間と一口にいっても、いまは渡り者の奉公人が多く、むかし、小梅村の万右衛門《まんえもん》が堀《ほり》家へ奉公にあがったようなケースは少なくなる一方だ。

いまどきの若者などは、武家の中間奉公など考えてもみない。そこで仕方なく、口入れ屋を介して渡り者を雇うことになる。渡り者の中間といったら、いのち知らずの暴れ者が多く、主家への忠誠など、薬にしたくもありはしない。

こういう連中が下屋敷へ入ると、自分たちの部屋で博奕をやる。むろん、外から博奕をやりに来る者が多いのだが、大名の家来たちは、見て見ぬふりをしている。中間のほうからも、下屋敷の家来たちへはつけとどけをする。

堀真琴《まこと》が、本邸と別邸のちがいをわきまえていたように、大名の下屋敷も本邸の目が届かぬから、およそ、このようなぐあいになってしまった。

さりとて、きびしく渡り中間どもを取り締れば、

「へっ。勝手にしやがれ」

そこは雇われ者だから、さっさと出て行ってしまう。

だが大名にしろ旗本にしろ、それぞれに、身分と格に応じた奉公人がいなくてはどうにもならぬのだ。

こうしたわけで、大名の下屋敷の中間部屋へは、夜になると種々雑多な連中が顔を見せる。ゆえに、犯罪とも無関係ではない。

目黒の御用聞き・友治郎《ともじろう》が、このあたりの中間部屋へ顔を出し、

「何か、変ったことはないか?」

顔見知りの中間たちから聞き込みをするのも、このためだ。

友治郎がしていることは、自分の縄張《なわば》り内の治安をまもるためで、事実、中間たちの密告により、犯行一歩手前の無頼者を捕えたことは数えきれないのである。

その日の夜。

友治郎は、松平阿波守《まつだいらあわのかみ》の下屋敷にいる中間・勘七《かんしち》を連れ出し、佐竹屋で一杯のませ、小づかいをあたえてから一足先に外へ出た。

これまでに、勘七の密告で、友治郎は五件ほども犯行を未然に防いできた。

今夜、別にこれというはなしもなく、勘七と別れた友治郎は帰途についた。

白金の通りを、まっすぐ西へ行き、行人坂《ぎょうにんざか》を下れば、目黒不動門前の、友治郎の女《にょう》房《ぼう》が経営している茶店へ着くが、友治郎は白金十一丁目のあたりから、細道を左へ曲った。

道は、やがて畑の中を下り、田圃道《たんぼみち》となる。

このあたりは、昼でも、あまり人影を見ない。

友治郎が、この道をとったのは、近道だからにすぎない。

田の中の道を下ると、平地の木立の向うに柳生対馬守《やぎゅうつしまのかみ》・下屋敷の塀《へい》が見える。

もっとも、いまは夜だから何も見えぬ。

友治郎が持ったぶら提灯《ちょうちん》のあかりが足許《あしもと》を照らしているのみであった。

この夜は、堀真琴が深川・猿子橋で、二人の侍に無法をはたらいた夜から一カ月ほどたっている。

いつしか盂蘭盆《うらぼん》もすぎ、日中は残暑がきびしくとも、夜になると、風も冷めたくなってきた。

炎暑になやまされた江戸の人びとも、ほっと息をついていよう。

(こういうときが、危ねえのだ)

盗賊の押し込みも秋めいてくると、増える。人びとの眠りも深くなるからだろう。

柳生家・下屋敷の塀外を行きすぎると、間もなく目黒川の岸へ出るが、そこに土橋が架かっている。

月もない夜で、風もなく、妙に蒸し暑かった。

友治郎は、柳生の下屋敷の塀外へさしかかって、

(おや?)

前方へ、眼を凝らした。

前方の闇《やみ》に、何か白いものが、ふわりとうごいたような気がしたからだ。

友治郎は、提灯をかざし、小走りになった。

と……。

まさしく、白いもの……それは、闇の中で白く見える着物をまとった人が、友治郎のほうから見て左の木立の中へ、吸い込まれるように消えて行ったのである。

「もし……」

おもわず声をかけたが、相手は、こたえようともしなかった。

友治郎の提灯のあかりだけでは、何者とも知れなかったが、

(たしかに、刀を差していた。すると男だ。侍だ。浪人か?)

白い男は、提灯を持っていなかった。

「もし……もし……」

呼びかけつつ、友治郎は木立の中へ踏み込んでみたが、早くも相手は闇に溶けてしまっている。

(はて……おれが声をかけたら、逃げるように行ってしまった。どうも、おかしいやつだ)

追ってみようとおもったが、何となく不気味であった。

人ではなく、物の怪《け》ではなかったのか……。

こんなことには慣れている友治郎だが、少し、背すじが寒くなってきた。

舌打ちをして、友治郎は身を返し、木立から、柳生家の塀外の道へもどった。

塀が切れると、畑の中の道になる。

目黒川は、すぐそこにながれている。

川岸の草むらに、何やら、うごめいているのが見えたので、友治郎は足を速めた。

そこは御用聞きである。何やら異変が起り、それは、いま逃げた白い男に関《かか》わり合いのあることだと、友治郎は直感した。

「もし……もし、どうなさいました」

近寄って見ると、羽織・袴《はかま》をつけた侍が二人、草むらにいた。

一人は、気を失っているらしく、別の一人が、それを介抱していた。

友治郎が提灯を差しつけると、

「おのれ、何者だ？」

介抱している侍が、叱《しか》りつけるようにいった。

どうも、おかしい。

「へ……」

と一瞬、声をのんだ友治郎が、

「通りがかりの者でございます。何か、お手つだいをすることがありましたら、お申しつけ下さいまし」

いうや、侍がいらいらとした声で、

「よい。行け」

「でも、そこのお方が気を失っていなさいますね」

「うるさい」

侍は、ようやくに、倒れている侍を引き起して肩へ担《かつ》いだ。

友治郎が目をみはったのは、侍たちが二人とも、髪を振り乱していることであった。

(髷《まげ》を切られた……)

そうとしか、おもえぬ。

「町人、何をしておる。立ち去らぬと斬《き》って捨てるぞ!!」

侍が、大声をあげた。

二

その夜、御用聞き友治郎が闇の中で見かけた物の怪のような、白い姿の男は、堀真琴であった。

こういえば、真琴が木立の中へ消え去った後で、友治郎が見たざんばら髪の侍ふたりのことも、おのずからわかろうというものだ。

しかし、読者にはわかっても、御用聞き友治郎にはわからぬ。

それにしても、真琴が本所の外れから、遠い目黒まで、わざわざ、いたずらをしにやって来たというのは物好きにも程がある。

このように〔遠征〕するときの真琴は、前日から麻布《あざぶ》・広尾の別邸へ泊る。そして、いたずらをする当日の夕暮れ前に、剣友を訪ねるから少し帰りが遅くなるといい置き、獲物《えもの》をもとめて出かけるのだ。

この前、いたずらのために帰邸したのは今年の春先であった。

目黒の田圃道から広尾の別邸までは一里そこそこである。

今夜は土地《ところ》の者らしい男に出会って「もし……もし……」と、声をかけられたが、男は追って来なかった。

(私を物の怪とでも思うていたらしい。うふ、ふふ……)

真琴は、さも愉快げに笑いつつ、闇の道をゆっくりと歩む。

懐中から折りたたんであった提灯を出し、真琴は瑞聖寺門前の佐竹屋へ入り、こころづけの銭をわたし、提灯へ火を入れた。

それから道を北へとり、四ノ橋の方へすすむ。

おそらく明朝は、本所へ帰るにちがいない。

さて……。

つぎの日の朝、御用聞きの友治郎は朝飯をすませると、女房のおみのに、

「ちょっと、元道《げんどう》先生のところへ行ってくる」

いい置いて、家を出た。

長らく江戸を留守にしていた関口《せきぐち》元道が、二十日《はつか》ほど前に碑文谷《ひもんや》の法華寺《ほっけじ》・隠居所

へもどって来たので、友治郎夫婦は諸道具をそろえたりして、いろいろ世話をやいた。
それからの友治郎は一日置きに、関口元道を訪ねるのが何よりのたのしみになっている。

「元道先生が、もどって来て下すったので、おれは何よりも心強い。事件《こと》があれば、何かと知恵を出し、助けて下さるからな」

「よかったねえ、お前さん」

友治郎が法華寺の隠居所へ行くと、関口元道は瓜《うり》の漬《つ》け物で朝飯を食べていた。味噌汁《みそしる》は、わざわざ井戸水で冷やしたのを、いかにも旨《うま》そうに啜《すす》りこむ。冬でも、元道は冷えた味噌汁と飯を好む。

今日は、よい天気だ。夏の名残りの強い日ざしに、友治郎は汗ばんでいた。

「ま、井戸の水でものんでおいで」

「元道先生。実は昨夜《ゆうべ》、妙なものを見ました」

「ほう……」

友治郎は、闇に浮かんで消えた白い男と、ざんばら髪の二人の侍について語り、

「これを、何とごらんになります？」

「ふうむ。その侍どもが狐《きつね》にでもたぶらかされたといいたいのだろう。どうじゃ？」

「まさかに……とは、おもいますがね」

「二人とも、たしかに髷を切り飛ばされていたのだな」

「さようでございます」

その侍は、友治郎に見つけられたものだから、気絶した侍を肩へ担ぎ、

「去《い》ね、去ね!!」

友治郎を追いはらってから、あわてて立ち去った。

友治郎は、立ち去ったように見せかけたが、そこは御用聞きである。

巧妙に、二人の侍の後を尾《つ》けて行くと、

「二人とも、松平讃岐守《さぬきのかみ》様（讃岐・高松十二万石）の御下屋敷へ入って行きました」

「ふうむ……むかしならば、腹を切ってもすまぬところだ。下屋敷詰めならば人目にたたぬし、頭のほうも何とかごまかせようが、武士たるものが髷を切られるとは、とんだ恥さらしじゃ」

「まったくで……」

「これは、狐のいたずらではないようにおもえる」

「そうでございましょうか」

「どこぞの腕の立つ剣客が、辻斬《つじぎ》りのかわりに、その二人へいたずらを仕掛けたのであろうよ」

「ははあ……」

「どうも、そのような気がする」

関口元道の直感は、まさに適中したことになるが、さすがの元道も、件《くだん》のいたずら者が堀真琴だとは、おもってもみなかった。

「いまどきの侍は色と欲に目がくらみ、腰の刀のつかいようも知らぬ。わしだとて、たまさかには、やつどもを懲《こ》らしめてやりたくなるほどじゃよ」

「なるほど……」

「ところで、友治郎……」

いいさして、関口元道が坐《すわ》り直した。あらたまって何かいいかけたので、友治郎も、

（いったい、何を……？）

やや緊張をして、かたちをあらためると、元道はにやりとして、

「はなすのは、やめておこうかのう」

「な、何のことなんでございます？」

「それがのう……」

「はい？」

「いまさら、お前の耳へ入れてもはじまるまい。なに、つまらぬことなのじゃ」

「いやでございますねえ、先生。いいかけて、おやめになるなぞとは、元道先生らし

くございませんよ」

「そうか……」

「そうですとも」

「よし。はなしてやろう」

「はい」

「九年前の、堀真琴の一件を、おぼえているか?」

「ええ、おぼえておりますとも。ですが先生。あの真琴さまは、堀家の御養女となったので、愛宕下《あたごした》の上《かみ》屋敷へ移られたようでございます」

「そうかのう」

「へ……?」

「あの娘は、いま、本所の外れに住み暮しておるわ」

「そ、それを先生……」

「ああ、江戸へもどって間もなく、本所・五ツ目に剣術の道場をかまえている、わしの古い友だちのところで真琴を見かけた」

「五ツ目の、剣術の道場……」

「さようさ」

「御冗談を……」

友治郎は、はじめ本気にしなかったが、関口元道が語るにつれ、少し顔色《がんしょく》が変ってきたようである。

「それ、顔色が変った。やはり、これはよけいなことだったかな。ま、気にするな、気にするな」

元道が語り終えたとき、御用聞きの友治郎は深いためいきを吐いて、つぶやくように、こういった。

「あの、お嬢さんは、まだ敵討《かたきう》ちを、あきらめていなかったのか……」

三

庭の何処かで、しきりに法師蟬《つくつくぼうし》が鳴いている。法師蟬は秋の蟬《せみ》だ。

空も高くなり、微風は冷気をふくんできたが、晴れた日中の日ざしは、まだ暑い。

桑田《くわた》道場から小梅の万右衛門《まんえもん》宅へ帰って来た堀真琴《ほりまこと》は、遅い昼餉《ひるげ》をすませると離れへ閉じこもってしまった。戸障子を締めきって音もたてぬ。

(この暑いのに、何をしていなさるのかよう?)

十六歳のお千代が、井戸の水を汲《く》みに出て、くびをかしげた。

万右衛門は用事で外出《そとで》をしている。

お千代は、水桶《みずおけ》を置き、足音をたてぬように離れ屋へ近寄って行った。

五坪の板敷きにつづく六畳の間の縁側の障子へ忍び寄って、お千代は、

「わあっ」

大声をあげ、障子を外から引き開けた。

昼寝でもしているらしい真琴を、おどろかそうとしたのだ。

真琴は、昼寝なぞしていなかった。

それならば、真琴ほどの剣士ゆえ、忍び寄って来たお千代の気配に気づかぬはずはない。

だが、このときの真琴は気づかなかった。

気づかぬほど、他《ほか》のことに無我夢中となっていたのである。

がらりと、お千代が障子を引き開けたとき、この少女の眼《め》に入ったのは、顔面を紅潮させ、あわてふためいている真琴の姿であった。このような真琴を、お千代は、かつて見たことがない。

真琴は畳に寝そべり、無我夢中の態《てい》で、何かに見入っていたらしい。

お千代が障子を開けた瞬間に、真琴は見ていた書物のようなものをつかみざま、これを向うの板敷きの間へ投げると同時に身を起し、片ひざを立て、

「ぶ、ぶれいもの!!」

凄《すさ》まじい声を張りあげ、お千代をどなりつけたものである。

そのときの堀真琴の両眼の光りの物凄《ものすご》さに、

「あっ……」

悲鳴に近い声をあげ、真《ま》っ青《さお》になって、母屋《おもや》の台所へ駆け込んで行き、板敷きへ突っ伏し、そこで泣きじゃくった。

むっとした顔つきの真琴は、お千代が引き開けた障子をぴしゃりと締めた。

何が、気に入らなかったのであろう。

（何も、あんなに怒らなくったっていいによう）

お千代にとっても、心外のことであった。

どれほどの時間を、お千代は泣きじゃくっていたろうか。半刻《はんとき》（一時間）は泣いていなかったろう。

やがて、お千代は身を起した。

（真琴さまは、他人《ひと》に見られては困るようなものを見ていた。あの、本のようなものを向うへほうり投げたのは、私に、ちょっとでも見られたら困るからだ。そんならそうと、いえばいいによ）

お千代は、米を磨《と》ぐつもりだったが、水瓶《みずがめ》は空《から》になっていた。そのために水汲みをはじめたのだが、二つの水桶は井戸端へ置いたままになっている。

お千代は、少女らしく、可愛《かわい》い舌打ちを鳴らし、外へ出ようとした。

真琴が、水桶二つを両手に提げ、台所の土間へ入って来たのは、このときである。

お千代は怯《おび》えて、奥へ逃げ込もうとした。

「これ、千代」

「う……」

「そのような顔をするな。お前も悪いが、私も悪かった。ゆるせ」

と、真琴はやさしい口調でいう。

「あんなに、どならねえでも……」

「なれば、こうして、あやまっているではないか、な……」

「知らない」

「そのように拗《す》ねるな」

「知らない、知らない」

「は、はは……」

笑ったかとおもうと、真琴がいきなり、お千代を抱き寄せ、その左頬《ひだりほお》へ、がぶりと嚙《か》みついたものだ。

「痛ぁい……」

「もう一つ」

と、今度は右の頬へ軽く噛みつく。

「痛い。痛いよう」

お千代は妙な甘え声を出し、真琴の胸へ顔を埋めた。

「どうじゃ。機嫌《きげん》は直ったか？」

「知りませんよう」

「それではもう一つ」

「いや、いや……」

戯《じゃ》れ合っているうち、お千代の機嫌は、すっかり直ってしまったようだ。

「千代。これから何をするのだ？」

「お米を磨ごうとおもって……」

「よし。手つだってあげよう」

「あれ、だめですよう」

「何故じゃ？」

「だって、真琴さまが米磨ぐと、米っ粒が割れてしまいます」

「よし、わかった。心して磨ぐゆえ、私にやらせてくれ。その間に、お前は他の仕事をするがよい」

どうも仕方がないので、お千代は真琴に米磨ぎをまかせた。

真琴も、そこは女なのか、気が向くと台所へあらわれ、

「よし。私が味噌汁をつくろう」

とか、

「魚《うお》を焼いてあげよう」

などと、手を出したがる。

お千代も万右衛門も、これには辟易《へきえき》しているのだ。

真琴がつくる味噌汁は辛《か》らくて辛らくてどうにもならぬ。魚を焼けば、焼け焦《こ》げだらけにしてしまう。

万右衛門が、

「さ、御自分のお手にかけられました味噌汁をめしあがってごらんなされませ」

すすめて食べさせると、真琴はいそいそと口をつけるのだが、辛らいものはだれの口にも辛らい。

「ふうむ……」

低く唸《うな》って、真琴が渋面《じゅうめん》をつくり、

「これは、いかぬな」

そういう声が、妙に、さびしげなのである。

それでもあきらめず、月に一度か二度は台所へあらわれて、女の仕事をしたがるの

だ。

台所仕事は下手な堀真琴だが、裁縫はうまい。これは少女のころからの縫いもの好きで、別邸にいた女中たちから教えられたので、いまも自分の稽古着《けいこぎ》や肌着《はだぎ》などは、たちまち縫いあげてしまう。

たすきがけとなった真琴が、米を磨ぎはじめたとき、

「ごめん下され」

台所とは土間つづきの表口から、侍がひとり入って来た。堀家の別邸に詰めている鈴木小平次《すずきこへいじ》だ。

鈴木小平次も五十を一つ二つこえて、髪の毛の半分ほどは白くなっている。

「あ、真琴さま。ここにおいであそばしましたか」

「おお、鈴木か……」

「本日は、御上屋敷によばれまして、殿様からいろいろと申しつかりましてございます」

「さようか。先日、広尾の屋敷へまいった折、伯父上のお躰《からだ》のぐあいが悪いと聞いたが、その後、いかがじゃ？」

四

堀内蔵助《ほりくらのすけ》は、去年の夏ごろから病床について、御役目からも退《の》き、養生につとめている。

それが、この春から回復に向い、床ばらいをした。

先日、真琴《まこと》は例のいたずらをした折に、麻布《あざぶ》・広尾の別邸へ一泊した。そのとき、伯父・内蔵助がふたたび体調をくずし、病間へ入ったことを耳にしていたのである。

いたけれども、真琴は上屋敷へ見舞いに行くこともせず、さっさと小梅村へ引きあげてしまったのだ。

こうした真琴なのだから、いま、鈴木小平次に伯父の病状をたずねても、その声には別に真情がこもっていない。

鈴木小平次が、

「本日は、ごきげんもおよろしく……」

こたえるや、真琴はわずかにうなずいたのみで、

「それで？」

「は……」

「今日は、何用でまいった?」

「おそれながら、この場にては……」

いいさして鈴木は、ちらりと千代のほうを見やり、

「お離れへ、お供をつかまつります」

「ここでよい、ここでよい」

「いや、それは……」

お千代が割って入って、

「真琴さま。鈴木さんを困らせて、どこがおもしろいのですよ。さあ、米は私が磨ぐから、離れへ行って、おはなしをしなさいよう」

遠慮もなく、つけつけと言い立てるのへ、真琴は怒りもせず、

「は、はは……千代にはかなわぬ」

笑いながら千代の頰を指で軽く突いてから、台所を出て、離れ屋へ向う。鈴木小平次は真琴の後から外へ出た。

それと見て、お千代は手早く冷えた麦茶の仕度をした。気のきいたむすめで、鈴木小平次の麦茶を大ぶりの茶わんになみなみと入れたのは、遠いところを歩いて来た鈴木が、しぼるような汗をかいているのを見たからだ。真琴は、鈴木小平次を縁側へ坐《すわ》らせた。

果して、鈴木小平次は大きな茶わんの麦茶を、たちまちにのみほしてしまった。

苦笑した真琴が、自分の麦茶を鈴木の前へ置き、

「これものむがよい。ゆるりとのめ、ゆるりと……」

「はい。かたじけのう存じます」

真琴は目顔で、お千代にうなずいて見せる。

お千代が母屋へ入るのを見送った鈴木小平次は、身を乗り出すようにして、

「真琴さま……」

「あ、わかった、わかった。伯父上からのお言葉は、また、私に見合いをせよというのであろう」

「はい。そのとおりでございます」

「よろしいとも」

「それでは、お聞きとどけ下されますので……」

「この前と同じように、見合いは、この家《や》の裏庭で、双方が木刀を持ってするのじゃ。それは伯父上も、ようわきまえておわすはず」

「さ、そのことでございます」

「ふむ?」

「いまの世に、真琴さまと太刀打ちできる若者なぞ、なかなかもって見当りませぬ」

「では、嫁より劣る、弱虫の聟《むこ》どのを迎えよと申すのか」

「真琴さま、少しは、殿様の御身になって……」

あぐねきったように、鈴木小平次は真琴に向い、両手を合わせて見せた。

「これ、私を拝むのはやめよ」

「はっ……」

「のう、鈴木。このことは、はじめからの、伯父上との約束なのじゃ。それは知っていような」

「はあ……なれど……」

「わかっていれば、それでよい」

「真琴さまは、殿様の御病気のことを、何とごらんなされまするか?」

鈴木小平次が、かたちをあらため屹《きっ》となって、

「なるほど本日は、ごきげんよくおわしましたなれど、殿様の御病気は軽くすむようなものではございませぬぞ」

「では、重いのか?」

「一日も早く、御養子をお迎えあそばして、御家名の安泰を願わしゅう存じます。それは……それは、ひとえに、あなたさまのお肩にかかっているのでございますぞ」

今日は、おもいきった様子で、懸命に言い立てる鈴木へ反応もなく、

「ふうん……」

真琴は、つまらなそうに鼻を鳴らして、

「ともかくも、この堀真琴の聟になろうという男を此処へよこすがよい。その男は何処のせがれなのか？」

「二千石の御直参、織田兵庫様の御三男にて平太郎道良と申す御方にございます」

「ふうん……」

鈴木のはなしによると、その織田平太郎という三男坊は、真琴と試合することを承知したという。

承知したからには、それなりの自信があるからと看てよい。何でも織田平太郎は、日本橋・本銀町四丁目に道場をかまえる無外流・間宮新七郎の門人だそうな。

しかし、鈴木小平次にいわせるなら、

「今度も、真琴さまのなぶりものになる。それにきまっている」

このことであった。

これまでの数年間に、堀真琴との試合を条件に見合いをした若者は、いずれも旗本の次、三男であった。

武家の次、三男は家名をつぐこともならず、養子の口がかからなければ、一生、父兄の厄介者としてすごさねばならぬ。

ゆえに、堀家のような七千石もの大身と養子縁組が適うとあれば、だれも、これを断わるはずがない。

それで、はじめのうちは、何人かの縁談申し込みがあった。

真琴が出した条件を、

「いまどき、物めずらしきむすめごだ。おもしろいではないか」

「よし。手きびしく打ち据《す》えてくれよう」

「拙者が、かの女の高慢の鼻を、へし折ってくれる」

と、受けいれて、威勢のよい若侍たちが、つぎからつぎへと真琴に挑戦《ちょうせん》をしたけれども、みんなやられた。歯が立たぬ。

そのうちに、

「堀の巴御前《ともえごぜん》」

だとか
「堀の女樊噲《はんかい》」

だとか、評判が立つようになってしまった。

巴御前というのは、源平合戦のころの女傑だ。女の身に鎧《よろい》をつけ、戦場へも出たほどの勇婦で、かの木曾義仲《きそよしなか》の側室であることはいうまでもない。

また〔樊噲〕というのは、古き中国にいた豪勇無双の武人である。つまり、その樊

噂が、

「女になったような……」

堀真琴だというわけなのだ。

こうした評判がひろまるにつれて、

「堀内蔵助も、どうかいたしておるのではないか」

「女ながら、一流をきわめた剣士となった。それはよい。さほどの女ならば、みずからをつつしみ、養子縁組を餌《え》にして、男をなぐさみものにするなどという振るまいはせぬものじゃ」

そうした声もあがってきた。

なるほど、正論ではある。

いまは、真琴を養女にしたため、堀内蔵助まで評判を落しかけている。

内蔵助も、あせっている。

自分の体調がよくない上に、真琴がこのありさまでは、いつになったら、

(養子を迎えることができるのであろうか……?)

おもうにつけ、夜も眠れぬことがあるらしい。

(女という生きものには、まったく困ったものだ)

ほかならぬ鈴木小平次も、つくづくとそうおもう。

真琴が、伯父の内蔵助を、かほどまでに困らせ、苦しませるということについては、それなりの理由もあろうけれど、いったん、養女となったからには女ながらも堀家の血統をつぎ、これを家名と共に後代へ伝える責任があるはずだ。

その責任を考えぬなら、はじめから養女にならなければよい。

鈴木の目には、真琴が、その場その場の成り行きしだいで、前後の分別もなく、行動をして来たように見えるし、そう見られても仕方がない。

真琴は、そのことに、おもいがおよんでいるのであろうか。

鈴木小平次としては、

（まことに、心もとないかぎり……）

なのである。

これが、武勇を好み、質実剛健であった徳川八代将軍・吉宗《よしむね》の時代ならば、真琴の言動も、

「おもしろい女……」

として、もてはやされたろうが、いまの世には、むしろ、

「あさはかな女だ」

と、笑いものになりかねないのだ。

五

いずれにせよ、大の男が、養子となるについての腕試しをされるわけで、しかも、ただ一人で真琴のもとへやって来るのだ。

はじめのうちは、

「おもしろい。おれが行って叩《たた》き伏せてくれよう」

という者もいたわけだが、いまはちがう。

旗本の中には、

「堀内蔵助殿は、気が狂われたか……」

「戦国の世なればいざ知らず、こなたにも身分がある。あまりにも手軽にすぎるではないか」

きびしい批判をする人びとも少なくない。

鈴木小平次が心配するような状況に、なってきているのだ。

堀内蔵助は、なるべく、自分の家よりも身分が低く、格式も軽い家の次、三男をえらぶことにしていた。

それも、直接に申し入れるのではなく、諸方の剣術道場へ稽古に来ている門人の中からえらぶ。

これには、かの金子孫十郎をはじめ、内蔵助が知っている剣家に依頼し、候補者を見つけるわけで、

「これぞ」

と、おもう者には、父兄より先に、当人へ申し入れるのだ。

旗本の次、三男にとって、七千石の聟養子というのは、実に、たまらない魅力であった。

これまでに真琴の剣の餌食《えじき》となった候補者は、合わせて七名におよぶ。

今度の織田平太郎は、八人目の候補者ということになる。

このはなしは、平太郎の父で二千石の旗本・織田兵庫の耳へ入っていない。

候補者が五人目になるころから、その腕試しは、あくまでも内密におこなわれてきた。

「世に知られては、負けた当人の恥をさらすことになるから……」

と、これは堀真琴がいい出たのである。

「もしも、万が一にも私が負けたなら、その後に正式の申し入れをすればよい」

真琴は、これでも行きとどいた配慮《はいりょ》をしているつもりなのだ。

堀内蔵助も、真琴の配慮を、

(勝手きわまる……）

おもいはしたが、それならば、これより先も、自分が世の笑い者にならず、候補者をえらぶことができると、わずかなのぞみにすがりついている。

七千石の大身旗本として、歯がゆくもあり、なさけなくもある。

（ああ、真琴を養女にするのではなかった……）

おもう一方では、

（真琴ごときを打ち負かすほどの男が、このひろい江戸には一人もおらぬのか……）

じりじりしてくるのだが、いくら腕が立っても、しかるべき身分がない男、たとえば浪人剣客などでは、

（困る……）

のである。

そこが、真琴にいわせるなら、

「伯父上の考えは古い。おかしい」

ということになる。

「なれど、七千石の御家の御養子ともなれば、やはりこれは、しかるべきところから迎えねばなりますまい」

鈴木小平次が、そういうと、真琴は、

「浪人剣客が相手では、幕府《こうぎ》へ届け出ることもはばかられると申すのか。ならば鈴木。たとえばここに、私を打ち負かした浪人がいたとしよう。そのときは、この浪人を、いったん、堀家の親類の養子にして、そこから私の夫《つま》に迎え直せばよい。なに、賄賂《まいない》の金を諸方へ振りまいておけば、そのような手つづきはわけもないこと。それが、いまの世の中じゃ」

恐ろしいことをいい出したものだから、鈴木はびっくりして、

「そのようなことを、だれが、お耳に入れました?」

「ふん……」

「真琴さま。少しは、まじめに……」

「私は、いつも、まじめじゃ」

いまの堀真琴の日常には、到底、大身の息女がなしえない自由がある。当然、下情《かじよう》にも通じてくるわけだ。

道場へ行けば、門人たちの身分の上下、格式の有無にとらわれない話題ばかりだし、会話も活潑《かつぱつ》にかわされる。真琴も、その仲間入りをする。

そうした〔剣友〕の中には、真琴より強い男もいないではない。けれども、彼らには堀家へ聟入りをするに必要な身分がないし、また彼らも、真琴を女として見てはいないらしい。しかし、真琴のほうから「ぜひとも自分の夫になっていただきたい」と

いうなら、はなしは別であろう。

武術はすたれかけているのやも知れぬが、何しろ大名の下屋敷の中間部屋が夜ともなれば博奕場《ばくちば》になる世の中なのだ。何事も金しだいの天下なのだから、身分ちがいの男を聟にとるのも金しだいで、どうにでもなろうというものだ。

いずれにしても、真琴が「これぞ」とおもうほどの剣士たちは、腕も強いが、七千石に目がくらむような男たちではない。

身分のある家に生まれた男ほど、剣術も学問も、

「落ちるのう」

と、真琴が、

「のう鈴木。将軍家に仕える家来のせがれどもが、女ひとりをもてあますというのでは、これより先がおもいやられる。うかうかとしているうちに、徳川の屋台骨もくずれかけてこよう」

さらに、恐ろしいことをいい出し、鈴木小平次を真《ま》っ青《さお》にさせる。

それでも、鈴木小平次が、少女のころからの自分に仕えてくれていることは忘れぬらしく、

「鈴木。暑いのに遠くまで大変であったな。よし。私が舟で、両国橋のあたりまで送ってあげよう」

これから愛宕下《あたごした》の上屋敷《かみやしき》へ報告に行くという鈴木へ、真琴は、やさしく声をかけた。

六

この年、はじめての秋の嵐《あらし》(台風)で、江戸は一昼夜、風雨が強かったが、さいわいに出水《でみず》もひどいことがなく、嵐が通りすぎると、空はすっきりと晴れあがった。

二千石の旗本・織田兵庫《おだひょうご》の三男、平太郎道良が、小梅村の万右衛門《まんえもん》宅へあらわれたのは、その日の午後であった。

二千石の旗本といえば、屋敷も表(公)と裏(私)に別れ、その区別が厳重なことは、七千石の堀内蔵助《ほりくらのすけ》と同じである。

奉公人は三十人もいるし、その家の主人ともなれば、自由気ままに町を歩くこともならぬ。

だが、三男坊ともなると、そこは気楽なものらしく、織田平太郎は剣術の師匠・間宮新七郎から、

「これこれ、いい、養子縁組のはなしがある。わしは、お前ならば、その堀真琴《まこと》を打ち負かすことができるのではないかとおもう。どうだ、やってみるか?」

そういわれたとき、

「私の父や兄にはそれと知らせず、先《ま》ずもって、立ち合うのでございますな」

「さよう……」

「ふうむ……」

「お前、いくつになる?」

「三十を一つ越えました」

「なるほど……」

なかなかに、三男坊の養子の口はないものとみえる。

織田平太郎は小柄《こがら》な体格のもちぬしで、背丈は真琴より、ほんの少し低いかも知れぬ。師の間宮が「お前なら勝てるやも知れぬ」というだけあって、間宮道場の門人の中では十指のうちへ入るであろう。

だが、間宮新七郎にしても真琴の剣のつかいぶりを見たわけではない。織田平太郎にしても同様である。

「いささか、勝手な申し入れだが、わしも金子孫十郎殿からたのまれていてな」

「ははあ……」

「かの女めを打ち負かすことができたなら、正式の申し入れをさせ、お前は七千石の家の跡目をつぐことになる」

「悪くありませんなあ」

平太郎は笑って、

「やってみましょうか、先生」

「むりとはいわぬ。なれど、お前も……」

「はい。いつまでも冷や飯を食っているわけにもまいりませぬし……」

平太郎の長兄は結婚もし、二人の男子をもうけていて、近く父の跡をつぐらしい。

次兄は十年も前に養子の口があり、他家の人となっている。

織田平太郎は小男の上に、幼少のころ、疱瘡《ほうそう》にかかり、その痕《あと》が薄いあばたとなって残り、決して醜男《ぶおとこ》ではないのだが、さりとて、あまり冴《さ》えた容貌《ようぼう》ではない。

けれども、性格がまことに明るいのは、やはり二千石の家に生まれて、何事にも大様に育ったからといえよう。

間宮新七郎は、平太郎の性情を愛しており、なればこそ、堀真琴との試合をすすめてみたのだ。

当日のことは、鈴木小平次が間に立ち、だれにも知られぬように事がはこばれた。

その日の朝、織田平太郎は供の足軽をしたがえて、いつものように間宮道場へおもむき、稽古《けいこ》をした。供の者は平太郎を送りとどけてから、いったん帰邸し、帰る時刻には迎えに行く。このあたり、さすがに二千石の三男坊で、平太郎自身は、

「稽古へ行くのに供の者なぞはいらぬ。同門の人びとに笑われる」

というのだが、父の織田兵庫がゆるさない。

二千石でこれなのだから、七千石の旗本となれば、町道場なぞへ子息を稽古に出すまい。ゆえに、たとえ女の身であっても、堀真琴の言動が、いかに武家の常識から外れたものか、およそ知れようというものだ。

真琴は別邸に生まれ育ち、いまもそのつもりでいるが、ほんらいならば、武芸指南役を招き、屋敷内で稽古をするべきなのだ。

堀家の家老や用人たちは、

「いまのうちに、真琴さまとの養女縁組を解き、別に御養子を迎えるべきではないか」

と、真剣に相談をしていたし、主人の内蔵助へも、それとなくすすめている。

七千石の旗本ともなれば、五万石、十万石の大名家から、養子を迎えることも可能なのである。

しかし、内蔵助直照《なおてる》は、いまもって堀家の血すじにこだわっているのだ。

さて……。

この日、織田平太郎は、供の者へ、

「今日は少し遅くなる。暮れ六ツ（午後六時）に迎えにまいれ」

と、いった。

供の足軽は、別に不審を感じなかった。このようなことは、めずらしいことではない。

道場で門人たちが師を囲んで酒宴をひらくこともあるし、稽古が長引くこともある。

平太郎は午前中の稽古をすませ、持参の弁当をつかってから、師の居間へおもむき、

「先生。では、行ってまいります」

「うむ……」

間宮新七郎は、うなずいて、

「帰りに寄るか？」

「はい。結果を申し上げに……」

「待っている」

「ごめん下され」

織田平太郎は木太刀を袋へ入れて持ち、道場を出て、近くで町駕籠《まちかご》を拾い、

「本所の外れ、小梅までたのむ。柳島の妙見堂《みょうけんどう》の近くだ」

と、命じた。

こういうところは、なかなかに世なれていた。

嵐が去って、空が、さらに高くなったようにおもえる。

やや強く吹きわたる風が涼しく、道行く人びとの顔が生き返ったように見えた。

「旦那《だんな》。今年の夏の暑さは、ひどうござんしたねえ」

垂れをあげたまま、駕籠へ乗った織田平太郎へ、駕籠昇《か》きが声を投げた。

七

織田平太郎が、小梅村の万右衛門宅へあらわれたとき、すでに、堀真琴は真新しい稽古着と袴《はかま》をつけ、離れ屋に待機していた。

千代が庭から、

「真琴さま。お客さまが見えなすったですよ。おだ、へいたろうさまですと」

「さようか。これへ……」

「はい」

真琴は縁側から庭へ下りた。

織田平太郎が、表口のほうからこちらへまわって来るのを見て、真琴は、かすかに笑った。

小柄な平太郎の風采《ふうさい》を見て、早くも侮《あなど》ったのであろう。

「織田平太郎でござる」

垣根《かきね》の向うから、平太郎が名乗るのへ軽くうなずいた真琴が、

「堀真琴です。立ち合いは、この庭でよろしいか？　それとも、中で……」

と、離れ屋の方を顎《あご》でしめし、

「ただし、中はせまい。それでよろしければ……」

「いや、庭で結構」

と、平太郎は打切棒《ぶっきらぼう》にいう。

真琴の面上に、不快の色がよぎった。

これまでの養子希望者の中で、このように不遜《ふそん》な言葉づかいをしたのは、織田平太郎がはじめてであった。

もっとも、真琴にしてからが、平太郎に対しての言葉づかいが礼儀にかなっていたかというと、そうではない。

「わざわざ、お運びを願って……」

の一言もなく、いきなり、

「立ち合いは、この庭でよろしいか？」

と、いいはなった言葉づかいには、あきらかに軽侮《けいぶ》の口調があった。

このように、人間というものは自分のことが、まったくわからない動物なのである。

しかし、織田平太郎には軽侮の態度をあからさまに見せる真琴だが、たとえば現在、おのれの師として敬う桑田《くわた》勝蔵《かつぞう》に対しての真琴は、あくまでも敬虔《けいけん》そのものなのだ。

平太郎は袋の中の木太刀を出し、袴の股立《ももだち》を取った。

それと見て、真琴は離れ屋の内へ入った。これも身仕度をするつもりなのであろう。

縁側から離れの内へ入って行く真琴の後ろ姿を見やり、平太郎が軽く舌打ちをした。

それからあたりを見まわし、台所の戸口に、まるめて立てかけてあった茣蓙《ござ》を見つけると、これを銀杏《いちょう》の樹《き》の根元へ敷きのべ、腰から脱《はず》した大小の刀をしずかに置く。

台所の内では、千代が戸障子に指で穴をあけ、これに顔を押しつけ、息をのんで平太郎を見つめている。

折しも万右衛門は、家にいなかった。

織田平太郎が、たもとから革紐《かわひも》を出し、たすきにまわしたとき、真琴が縁側へあらわれた。

真琴の白い稽古着は筒袖《つつそで》ゆえ、たすきはかけぬ。稽古用の袴も工夫をして仕立ててあるので股立を取る必要はない。

「織田殿。よろしいか？」

鉢巻《はちまき》をしめた真琴が、縁側へ立ちはだかったまま声をかけた。

織田平太郎はこたえず、そのかわりに、今度は強い舌打ちを鳴らした。

この舌打ちは、はっきりと真琴の耳へとどいた。

（ぶれいな……）

見る見る、真琴の顔が紅潮する。縁側から飛び降り、垣根の内から裏庭へ走り出て、

「いざ」

真琴は、木太刀を正眼につけた。

平太郎のほうは、木太刀をだらりと引っ提げたまま、凝《じっ》と、真琴を見ているではないか。

「織田殿……」

「………」

「織田殿。これ、織田殿」

真琴は、苛《いら》だち、

「さ、まいられい」

織田平太郎はこたえず、木太刀を構えようともせぬ。

構えぬなら構えぬなりに、立ち合いの姿勢をとっているかというと、そうではない。

いまの平太郎なら、子供でも打てるであろうとおもえるほどだ。

「織田殿。そこもとは……」

木太刀を引いた真琴が、怒りをこめた声で何かいいかけたとき、平太郎はく
るりと真琴に背を向けた。

そして、木太刀を袋の中へ仕舞った。

袴の股立をおろし、たすきを外した。

これは、まさに真琴と闘う意志のないことを、かたちでしめしたことになる。

真琴は、むしろ、あきれたように平太郎を見まもっている。

織田平太郎は両刀を腰へたばさみ、両刀を置いた莫蓙をくるくると巻き、これを台所の戸口へ立てかけた。

「お、織田殿……」

真琴は、かすれた声で何かいいかけたが、いうべき言葉がなかった。

養子希望の試合の相手が、このような振るまいをしたのは、はじめてである。

平太郎が銀杏の樹のところへもどって来て、幹にたてかけておいた木太刀の袋を手に取った。

涼風が吹きながれる裏庭の何処かで、秋の蟬《せみ》が鳴いていた。

真琴へ背を向け、歩みはじめた織田平太郎が、ふと足をとめ、振り向いて真琴を見《み》据《す》え、いきなりこういった。

「このような女、抱く気もせぬ」

いうや、平太郎は颯《さっ》と身を返し、たちまちに真琴の視界から消え去った。

真琴は「あっ……」と、ひらいた口をそのままに立ちすくむかたちとなった。

全身の血が逆流するかとおもうほどで、われにもなく躰《からだ》が微《かす》かにふるえはじめた。

「ひ、卑怯《ひきょう》……」

わずかに、呻《うめ》くような一言が真琴の口から洩《も》れた。

戸障子の覗《のぞ》き穴から、この一部始終を、千代がひそかに目撃している。

「おのれ、卑怯な……」

またも、真琴が口惜《くや》しげにつぶやいた。

「このような女、抱く気もせぬ」

と、たしかに織田平太郎はいった。

（な、何という、あさましいことを申す男じゃ。何という……）

追いかけて、おもいきり打ち据えてやりたいとおもう。

おもうのだが、手足はふるえて、いうことをきかぬ。

まるで、九年前の、無頼《ぶらい》浪人どもに襲われたときの真琴そのものではないか……。

これは、どうしたことだ。

真琴の手から、木太刀が落ちた。

真琴は、両手で顔を覆《おお》った。

たまりかねたように千代が戸障子を引き開け、飛び出して来て、

「真琴さま……」

走り寄ろうとすると、

「うるさい!!」

真琴が叫び、千代を睨《にら》みつけた。

その眼《め》つきの恐ろしさは、先日の比ではない。

千代は「きゃっ……」と低く叫び、台所へ逃げた。

真琴も木太刀を拾い、離れ屋の内へ走り込んだ。

真琴は居間へ坐《すわ》り込んだが、着替えるでもなく、鉢巻を毟《むし》り取って投げ捨て、

「むう……」

怒りの唸《うな》り声を発し、真琴は空間の一点を睨みつけている。

「おのれ、織田平太郎め……」

このことであった。

堀真琴が、相手から、しかも男から、あのような侮辱の言葉を浴びせられたことは、かつて一度もない。

そこへ、万右衛門が帰って来た。

八

織田平太郎《おだへいたろう》は、柳島の妙見堂門前の茶店へ、乗って来た町駕籠を待たせておいた。用意がよいことではある。

その駕籠へ乗った平太郎が、日本橋・本銀町《ほんしろがねちょう》四丁目の間宮道場へもどって来たのは、七ツ半（午後五時）ごろであった。

すでに稽古は終っていい、道場はしずまり返っている。

平太郎は、母屋《おもや》へ入り、間宮新七郎の妻女へ、

「先生に申しあげたきことが……」

「あ、何やら、待っていたようですよ」

「さようでございましたか」

「かまいませぬ。さ、居間のほうへ……」

いいさして、妻女が先に立ち、平太郎をみちびいた。

間宮夫妻には、子がない。

間宮新七郎は庭に面した居間で、ひとり、酒をたのしんでいたが、

「おお、平太郎か。入りなさい」

「はい」

「しばらくは、だれも通さぬように」

と、これは妻女へ間宮が念を入れた。

妻女が、居間から出て行った。

両手をつかえ、一礼をした織田平太郎をちらりと見やった間宮が、

「平太郎。どうやら、後れをとったようだな。ちがうか？」

「もし、立ち合えば、後れをとったやも知れませぬ」

「では、立ち合わなかったのか？」

「はい」

「いったい、どうしたのだ？」

「いや、われながら、おもいがけぬことになりまして……」

平太郎が、木の実のように小さな両眼を瞬《まばた》きさせて、

「先生。かの堀真《ほりま》琴《こと》なる女性《にょしょう》は、箸《はし》にも棒にもかかりませぬ」

「ほう……」

「あれでは、たとえ私が勝ったとしても、妻にしたくはございません」

「さほどの醜女《ぶおんな》か？」

「いえ、心が汚のうございます」

織田平太郎は始終を語り、

「もはや、立ち合う気も失《う》せてしまい、このような女は抱く気もせぬといい残し、帰ってまいり……」

「これ、これ待て。何といった？」

「このような女は抱く気もせぬと……」

「堀真琴に、そういってやったのか？」

「はい。いま、おもい返しますと、女を相手に、いささか暴言を吐いてしまったかと後悔しております」

「なあに……」

間宮新七郎が莞爾《かんじ》として、

「かまわぬ」

「えっ……では、おゆるし下さいますか」

「よくぞ、いうてやった。そのような女は、わしも、お前の嫁にしたくはない」

「おそれいります」

「それで、女めはどのような……」

「面《おもて》を真っ赤にして、怒っていたようでございます」

「よい気味、よい気味」

間宮新七郎はうれしげに、大ぶりの盃《さかずき》を平太郎へあたえ、

「ま、のむがよい」

酌《しゃく》をしてくれる。

「頂戴《ちょうだい》いたします」

「では何か、堀真琴が木太刀をかまえたのを見とどけたのだな?」

「はい」

「どうであった?」

「なかなかもって……」

「さほどの遣い手か?」

「そのように、私は見受けました」

師弟が盃を重ねるうち、供の足軽があらわれたので、織田平太郎は間宮道場を出て駿河台《するがだい》にある父の屋敷へ帰って行った。

夕闇《ゆうやみ》が濃くなってきている。

日中は晴れていたのだが、この頃《ころ》おいになると雲が出て来て、

「明日《あす》は雨になりましょうか……」

と、足軽の初見《はつみ》国平《くにへい》が平太郎へいった。

そのころ……。

堀真琴は、先刻の稽古着《けいこぎ》を着替えようともせず、依然、天井を睨んだまま身じろぎもせぬ。

母屋の台所では、千代が万右衛門《まんえもん》へ、

「真琴さまは、灯《あか》りもつけねえで、何をしていなさるのかねえ」

万右衛門はこたえず、野菜をたっぷり入れた味噌汁《みそしる》をつくっている。

「このような女、抱く気もせぬ」

の一言を真琴に浴びせ、引きあげて行った織田平太郎のことを、万右衛門は千代の口から聞きとった。

「ほんとうに、そういったのかえ？」

「ああ、たしかにそういった。あれじゃあ、真琴さまが怒るのもむりはないよう」

千代は、憤慨したが、万右衛門は平静である。

二人が夕餉《ゆうげ》の仕度をととのえ終ったとき、真琴の足音が近づいて来て、戸障子の外から、

「千代。夕餉の膳《ぜん》を離れへ持ってまいれ」

「はい」

千代が障子を開けると、真琴は背を向け、離れ屋の方へ行く。

どうやら、着替えをすませたようだ。

千代が、夕餉の膳を運んで行くと、真琴は袴《はかま》をつけている。

「あれ、真琴さま。どこかへ、お出かけですか？」

「万右衛門は、もどって来ていような？」

「はい」

「ならばよし。私は今夜、桑田先生の道場へまいり、他の門人たちと共に、先生のおはなしをうかがうことになっている。そのように万右衛門へ、つたえておくがよい」

真琴の声は、低いがきびしく、千代は叱《しか》りつけられているようで、くびをすくめた。

「給仕はよい。母屋へ行くがよい」

「へえ」

「あ、待て」

「へ？」

「昼間のことを、お前は、すべて見ていたか？」

「いいえ……」

あわててかぶりを振る千代へ、

「よいか。つまらぬことを万右衛門の耳へ入れるのではない。よいか、よいな」

「はい」

「よし。行け」

千代は、台所へ駆けもどり、万右衛門へ真琴の言伝てを告げた。

やがて、両刀を帯した堀真琴が離れ屋から出て来た。

万右衛門は、昼間に千代が指であけた戸障子の覗き穴へ顔をつけた。

万右衛門宅から田圃道《たんぼみち》へ出た真琴は、堀割《ほりわり》に面した舟着き場へあらわれた。

今夜は、例の小舟に乗って、何処かへ行くらしい。

九

この夜は、堀真琴にとって、

(これぞ……)

と、おもうような獲物《えもの》は見つからなかった。

真琴の舟は、竪川《たてかわ》から六間堀へ出て、小名木川《おなぎがわ》を東へ向い、扇橋のあたりまで行ったが、やがて引き返しはじめた。

真琴は、岸辺の道に沿って舟をすすませつつ、獲物をねらう。

両刀を帯した侍をねらう。

夜ともなれば、通行の人びとは、いずれも提灯《ちょうちん》を手にしているから、そのあかりでわかるのだ。

小舟をあやつりながら、舌打ちをした真琴は、小名木川から、また、六間堀へ入った。

この夏に、二人の侍を翻弄《ほんろう》した猿子橋《さるこばし》の下をくぐり、真琴の舟は竪川へ向いつつある。

その舟の舟行燈《ふなあんどん》のあかりが、舟を漕《こ》ぐ真琴の姿を、ぼんやりと浮きあがらせていた。

真琴の舟が、北ノ橋をすぎたときであった。

折しも、六間堀の東岸の道を竪川の方からやって来た侍がひとりいて、

「あっ……」

暗い川面《かわも》を向うから近寄って来る真琴の舟を見るや、咄嗟《とっさ》に自分の提灯の火を吹き消し、旗本屋敷の塀《へい》の裾《すそ》へうずくまった。

真琴は、これに気づかなかった。

ちょうど、真琴の眼は六間堀の西岸へ向けられていたからである。

その眼が東岸へ移ったときには、すでに、提灯の火を消した侍の姿は闇の底に隠れてしまっている。

真琴の舟は、六間堀と五間堀をむすぶ地点をすぎ、竪川へ向う。

と、見て、侍が身を起し、消えた提灯はそのままに、真琴の舟を尾行しはじめた。

月もない闇夜の川面をすべって行く舟行燈を目じるしにするのだから、尾行にはう

ってつけといってよい。

この侍は、この夏に、真琴が猿子橋の上から川の中へ投げこんだ侍であった。

連れの侍は、逃げるところを追い打ちにかけられ、髷《まげ》を切り落されてしまった。このことは、前にのべておいた。

ここで、二人の侍の素姓について語っておこう。

髷を切られた侍は、本所・林町一丁目に屋敷がある千石の旗本・戸田金十郎といい、年齢は三十七歳。

いま、真琴の舟を尾行している侍は、これも近くの北森下町に屋敷がある二百石の小旗本・井戸又兵衛《いどまたべえ》で、年齢は四十二歳だ。

この二人は年少のころからの遊び友だちで、井戸は、しきりに戸田をさそい出し、他の旗本たちが夢にも想《おも》わぬような〔隠れ遊び〕を教え込み、供の者も連れず、月に一度ほどは、二人して気軽に出て行く。

本所あたりに住む旗本たちの中には、土地柄《がら》もあって、こうした連中が少なくないのである。

費用は、戸田金十郎がもつ。

先ごろは、髷を切られた自分をほうり捨てて、井戸又兵衛が一散に逃げてしまったものだから、

「けしからぬやつめ」

戸田金十郎の怒りは、容易にしずまらなかった。

いまは幕府《こうぎ》の御役目についていないからよいようなものだが、何かの役目があり、江戸城へ出仕しなければならぬとあれば、泣くにも泣けない。

笑いものになるだけなら、まだよい。腹を切らねばならなかったやも知れぬ。

家族や奉公人の手前を、どのように取りつくろったか知らぬが、いまの戸田金十郎は病気と称して屋敷の奥へ閉じこもったまま、ただもう、ひたすら髪の毛がのびるのを待っているらしい。

その怒り、その口惜《くや》しさについては申すまでもなかろう。

この夜も、井戸又兵衛は某所へ気ばらしに出かけ、その帰り途《みち》に、真琴の舟を見かけたのだ。

舟行燈のあかりを受け、闇の中に白く浮かびあがった頭巾《ずきん》姿の若い侍と見て、井戸は、はっとした。

川へ投げ込まれた井戸又兵衛にしても、あの夜のことは、

(忘れようとて、忘れられぬ……)

屈辱であったのは、当然といえよう。

(まさに、あのときの……)

小舟の後から、河岸道《かしみち》を尾《つ》けて行くにつれ、井戸の確信は、ぬきさしならぬものとなってきた。

真琴の舟が、竪川へ入った。

竪川の北岸には種々の商店や、先へすすむにつれて居酒屋、飯屋などもならび、場所柄、夜ふけにも灯《ひ》が入り、人の通行もある。

竪川の川幅はひろく、夜舟も通らぬことはないが、岸辺を行く井戸又兵衛が真琴の舟を見うしなうことはなかった。

こうして井戸は、真琴が妙見堂《みようけんどう》前の柳島橋の下をくぐり、対岸の、小梅村の舟着き場へ舟を着けるまでを見とどけてしまった。

舟を降り、舟行燈の火を提灯に移した真琴は、田圃道を万右衛門宅へ向う。

井戸又兵衛も、さすがに、この後を尾けることはできなかった。

何となれば、近くに橋がない。

空に稲妻が光った。この季節の稲妻は雷鳴をともなわぬ。

真琴の提灯のあかりが田圃道の彼方《かなた》へ消えて行くのを見とどけた井戸は、

（よし。ここまで突きとめたなら、後は大丈夫。きっと、彼奴《きやつ》の居所《いどころ》を突きとめてみせる。この近くに彼奴めは住み暮しているに相違ない）

と、おもった。

「なに……そ、それは、まことか？」

翌日、井戸又兵衛の報告を聞いて、戸田金十郎は身を乗り出した。

はじめ、井戸の訪問を聞かされたとき、戸田は、

「井戸なぞに会いたくはない。追い返せ」

と、いった。

そのことを予知していた井戸は、あらかじめ用意しておいた手紙を、

「では、これを、ごらんに入れていただきたい」

と、用人へわたした。

その手紙に、井戸と戸田だけがわかるような文面で、先夜の曲者《くせもの》の居所を突きとめたと、手短かにしたためておいたのである。

手紙を一読した戸田金十郎の顔色《がんしょく》が、たちまちに変った。

戸田は、頭に絹の頭巾を乗せている。

「井戸は、まだ、おるのか？」

「はい」

「よし。通せ」

井戸又兵衛が語り終えるや、

「さようか……」

戸田金十郎は、不気味な三白眼となり、

「井戸。どうじゃ、おぬしにまかせようか?」

「おゆるしがあれば……」

「ふむ。わしに考えもあるが……いずれにせよ、生かしてはおけぬぞ、あの曲者は」

「むろんのことです」

二人は、かなり長い時間を、密談に費やしていたようだ。

そのころ……。

堀真琴は、桑田道場にいて、自分より下の門人たちを相手に稽古《けいこ》をつけている。

今日の真琴の稽古ぶりは、ことさらに激しい。

雨になるかとおもった空模様が何とかもちこたえて、この日の夜も、しきりに稲妻が光った。

復《ふく》讐《しゅう》

一

秋が来た。

堀真琴《ほりまこと》の日常に変りはない、ように見える。

日々、真琴は桑田勝蔵《くわたかつぞう》の道場へ通って、稽古にはげむ。

織田平太郎《おだへいたろう》が、真琴にとって屈辱そのものの一言を放ち、立ち去った日から二十日ほどがすぎていた。

その日の夜、真琴は居たたまれぬおもいに駆られ、小舟に乗って深川方面へおもむき、獲物を探したが、目的を達することなく万右衛門《まんえもん》宅へ引き返して来た。

以来、真琴は例のいたずらをしていない。

それが何故なのか、真琴自身にもわからぬ。

ただ、真琴の脳裡《のうり》から消えないのは、

「このような女、抱く気もせぬ」

と、言ってのけた織田平太郎の声である。

（ああ……おのれ、ぶれいな……）

こびりついてはなれぬ、その声を振りはらい、何ともして、

（忘れたい……）

がために、真琴は稽古に熱中する。

「真琴の、ちかごろの稽古は激しすぎる。何ぞあったのか？」

桑田勝蔵は、高弟たちにたずねたが、いずれもわからぬ。

このごろ、下の門人たちは、真琴に稽古をつけてもらうことをきらうようになってきた。

「頭が、瘤《こぶ》だらけになってしまった……」

「ちかごろは、組みつかせてもくれぬ」

わざと木太刀を叩《たた》き落され、

「ごめん」

大手をひろげ、組打ちの意志をしめすと、真琴も木太刀を捨て、

「おお」

いさぎよく、応じてくれたものだ。

桑田道場では、以前から組打ちの稽古をもさせている。

主《あるじ》の桑田勝蔵は柔術の修行もしてきただけに、

「組打ちの術をおぼえることは、おのれの剣に必ず実りをもたらす」

と、いう。

そのためもあって、桑田道場では組打ちの稽古がさかんであり、堀真琴は、師の勝蔵から柔術の手ほどきを受けたし、現在も、はじめから木太刀をつかわず、

「おねがいをいたします」

われからすすんで、柔術の稽古をつけてもらうこともある。

その真琴が、いまは、

「ごめん」

相手が大手をひろげ、組みついて来ようとすると、

「よし、これまで」

稽古をやめてしまうか、または、

「さ、木太刀を拾いなさい」

身を引き、相手が木太刀を手にするまで待つようになった。

万右衛門宅へ帰って来ても、あまり、口をきかない。

千代が、離れ屋へ茶や菓子を運んで行き、はなしかけたりすると、さも面倒だといわんばかりに手を振り、

「向うへ行っていなさい。私は用事がある」

たちまちに、千代を追いはらってしまうものだから、

「つまらないよう」

と、千代は万右衛門にうったえる。

ところで、十日ほど前に、鈴木小平次《すずきこへいじ》が真琴を訪ねて来て、

「先月の、織田平太郎殿との一件は、いかが相なりましたか？」

「知らぬ」

「知らぬと、おおせられますのは？」

「う……」

真琴は、眼《め》を白黒させていたが、

「来なかった」

吐き捨てるように、いった。

「ははあ……」

「あのはなしは、もう、打ち捨てておくがよい。そうじゃ。そういたせ、そういたせ」

「………」

呆気《あつけ》にとられている鈴木小平次へ、

「もうよい。控屋敷へ帰るがよい」

「なれど……」

「よいから、今日は帰れ!!」

突然、真琴が癇高《かんだか》い声を張りあげた。

こうなれば、手がつけられなくなることを、鈴木小平次はわきまえていたので、仕方もなく、離れ屋を出て母屋《おもや》へ立ち寄り、万右衛門に帰邸のことを告げると、

「ちょっと、お待ち下さいまし」

万右衛門が腰をあげ、

「舟で、両国のあたりまで、お送り申しましょう」

「そうか。それは、すまぬ」

「いえ、なに……それに、聞いていただきたいこともございます」

「わしに？」

「はい」

「どのようなことだ？」

万右衛門は、台所の隅《すみ》にいて、好奇の目でこちらをうかがっている千代を一瞥《いちべつ》して

から、
「それは、舟の中で申しあげましょう」
立ちあがり、母屋から出て、鈴木の先へ立った。
そのときの万右衛門の様子は、千代の目にも、何やら意味ありげに見えた。
万右衛門が鈴木小平次に対して、はなしがあるというのは、
(真琴さまのことにちがいない)
と、千代にも察しがつく。
となれば、先日の一件についてなのか……。
千代は、あのときのことを、残らず万右衛門に告げてしまった。
万右衛門の口から、そのことが鈴木小平次の耳へ入ると、
(今度は、鈴木さんの口から、堀様の殿さまのお耳へ入るかも知れない)
千代は胸さわぎがしてきはじめた。
たとえ、堀内蔵助《くらのすけ》の耳へ、あの一件が入っても、真琴はびくともせぬであろうが、
千代は真琴に、何も見てはいないし、聞いてもいないとこたえたのである。
(もしも、私がしゃべったことを、真琴さまが知ったら何としよう)
このことであった。
そのとき、台所の外で人の足音がした。

足音というよりも、人の気配がした。

万右衛門は、鈴木小平次を両国まで舟で送るといっていたのだから、まだ、帰って来るはずがない。

いつの間にか、台所の中が薄暗くなってきていた。

日毎《ひごと》に、日足が短かくなってきた今日このごろだが、千代は気がつかぬまま、長い時間を考え込んでいたものらしい。

(真琴さまか?)

耳をすませたが、そうではないらしい。

微《かす》かに土を踏む草履の音が、台所の前を通りぬけて行った、ような気がした。

(はて……泥棒《どろぼう》かしらん?)

近くの離れ屋には、堀真琴という強い人がいるだけに、千代は少しも怖くない。

そこで、足音をしのばせて台所の土間へ降り立った千代は、息をつめて戸障子へ近づき、吐いた息を深く吸い込んでから、いきなり戸障子を引き開け、外へ飛び出して見た。

と……。

夕闇《ゆうやみ》がたちこめる、裏手の石井戸の向うに屈《かが》み込んでいた人影が、ぱっ、と、鳥が立つように左手の竹藪《たけやぶ》の方へ走り去るのを、千代はたしかに見た。

「もし……」

追いすがるようにして、千代が、

「だれ？　お前さん、どこの人？」

大声に問いかけた。

千代が井戸端をまわり、母屋の側面へまわって見ると、人影はすでに消えている。

竹藪の中へでも逃げ込んだのであろう。

「千代……」

よびかけて、真琴が縁側へ姿をあらわし、

「何とした？」

「いま、変なやつが……」

「何……」

堀真琴は、すぐさま、裏庭へ降りて来た。

「どのようなやつであった？」

「男……」

「それで？」

「あの……よく、わかりませんでした」

「どちらへ逃げた？」

「あっち」

「ふうむ……」

そこへ立ちつくし、真琴が両腕を組んだ。

夕闇が、夜の闇に変りつつある。

千代はあわてて、台所へもどり、夕餉《ゆうげ》の膳《ぜん》の仕度にかかった。

その後から真琴が入って来て、

「物騒な……よし、私が此処《ここ》にいてあげよう」

久しぶりで、やさしい言葉を千代へあたえた。

「うれしい」

「手つどうてあげようか」

「いいですよう。そこにいて下さい」

「さように申すな。手つだいをさせてもらいたい。な、千代。よいだろう、な……」

二

その夜ふけに、床へついてからも、堀真琴は油断をせず、山城の国の住人、越中守正俊《えっちゅうのかみまさとし》が鍛えた一尺三寸余の脇差《わきざし》を引きつけたままで眠ることにした。

いつもは戸締りもせぬままに眠るのだが、今夜は、かたく戸締りをした。

この数日の間、どこからともなく、自分を見張っている者の眼を、真琴は感じていた。

(妙じゃな……?)

桑田道場の往《ゆ》き帰りのみか、万右衛門宅へもどってからも、どこからか、何者かが、ひそかに自分を見ているような気がしてならなかったのだ。

そこは、常人ではない。

何といっても、武芸の修行によって鍛えられた真琴の感能は鋭い。

(やはり、そうであったのか……)

今日の夕刻に、千代が見かけた怪しげな男というのは、まさに、真琴の様子をうかがっていたのであろう。それにきまっている。

その男が侍であったか、町人であったか、千代の眼には判然としなかったという。

濃い夕闇の中であったし、また、男の逃げ足も速かった。

ということは、その男が、

(只者《ただもの》ではない)

ことになる。

真琴と千代が夕餉をすましたころに、万右衛門が帰って来た。

真琴から口どめをされていたので、今度は千代も、先刻の一件を告げなかった。

万右衛門は、いくらか酒気をおびていた。

鈴木小平次と、両国あたりの店で酒をのみながら、語り合っていたものらしい。

しかし、真琴は万右衛門が舟で鈴木を送って行ったことを知らぬ。

本所界隈《かいわい》には、万右衛門の知人がたくさんいる。

「よいきげんじゃな」

真琴が苦笑と共にいった。

「遅うなりまして……」

万右衛門は、白髪頭《しらがあたま》をしきりに掻《か》いた。

間もなく、真琴は離れ屋へ引きあげて行った。

夜が更《ふ》けた。

母屋の灯《ひ》が消える。

堀真琴は、机に向い、何やら書きものをしていたようだが、筆を投げて、深いためいきを吐いた。

また、筆を手にしたが、どうも気が乗らぬと見えて、すぐにやめた。

また、ためいきをつく。

二度三度と嘆息を洩《も》らし、ついには、

「ああ……」

ためいきが、声になった。

こうしたときの真琴は、二十五の女とも思えぬ。それこそ九年前の無邪気な少女そのものといってよい。

真琴は、立ちあがった。

縁側に面した障子が、一枚、開け放したままになっている。

そこから、母屋の灯が消えているのを見て、

「千代は、もう寝《やす》んだか……」

さびしげにつぶやく。

それから、ふと思いついたように、裏庭の闇へ眼を配った。怪しい者の気配はない。

真琴は、雨戸を閉め、自分の臥床《ふしど》を敷きのべにかかった。

敷いている蒲団《ふとん》は木綿で、真琴がみずから縫いあげたものだ。大形な言い方をするなら、紙のように薄い蒲団である。

掛けている蒲団も同様であった。

真琴は衣服をぬぎ、寝衣《ねまき》に着替えた。

そのとき、白い半月のような女の肩が、ちらりとあらわれる。

井戸端へ出て、上半身をむき出しにして水を浴びる真琴も、むしろ、ひとりきりの

室内で、着ているものをぬぎ、別の衣類を身につけるとき、おもいがけぬ女の仕草を見せるのである。

「ああ……」

またしても、つまらなそうな声を発し、真琴は身を投げるように臥床の上へ坐《すわ》った。

裏庭で、虫の声がきこえる。

突然、真琴は立ちあがり、古風なつくりの箪笥《たんす》の前へ、つかつかと歩み寄った。

板敷きの間に置いてある、この箪笥は、真琴の亡《な》き母の形見なのだ。

最上段は戸棚《とだな》になってい、特殊な細工がほどこされている。次の段から、衣料が入るようになっていて、真琴は最下段を引き開けた。

そこに入っている衣料の底から、鬱金《うこん》の布で包んだものを引き出した。

その包みを持ち、真琴は臥床へもどり、行燈《あんどん》の火を有明行燈とよばれる小さな箱型の行燈へ移した。

有明行燈は、枕元《まくらもと》へ置く。

当時は、スイッチひとつで電気がつくわけではない。行燈を消してしまえば真の闇だから、この有明行燈のあかりを明け方まで絶やさない。

臥床へ坐った真琴が、包みをほどいた。

包みの中に、また包みがある。

これも、ほどくと、まだ包みがあるではないか。

包みは、四重になっていた。よほどに大切なものらしい。

最後の包みは、灰色の袱紗《ふくさ》で、これをひらくと、中から一冊の薄い書物があらわれた。

真琴は、その本を手に取り、あたりを見まわした。

いうまでもなく、この離れ屋には真琴のほかに人はいない。いないのはわかっていても、本能的に眼を配らずにはいられないのだ。

本を、わが膝《ひざ》の上へ乗せたとき、われにもなく真琴が生唾《なまつば》をのみこんだ。その音が、妙に、はっきりときこえる。

秋になったとはいえ、戸をたてきると、まだ夏の名残りの暑さが部屋の内に重くたれこめている。

真琴の手が、指が、一枚二枚と木版刷りの本を捲《めく》ってゆく。

真琴の両眼が異様な光りをたたえ、顔へ見る見る血の色がのぼってきた。

三

いま、堀真琴《ほりまこと》が眼を凝《こ》らし、何度も生唾をのみこんだり、嘆息を洩らしたりしながらながめ入っている本の中身は、どのようなものなのか……。

この木版刷りの本には、絵が多い。

それも、男と女が惜しげもなく、たがいの裸身をさらけ出し、さまざまなかたちで抱き合っている姿ばかりなのだ。

と、ここまでいえば、この本の性質がどのようなものか、読者にもおわかりであろう。

このような、いかがわしい絵巻を、真琴は何処から手に入れたのであろう。

いや何も、手に入れたくて入れたのではない。

実をいうと、今年の春先に、真琴は本所・石原町の大川（隅田川《すみだがわ》）端で、通りかかった中年の侍の髷《まげ》を切り落し、それでも尚《なお》、屈せず、

「おのれ、曲者《くせもの》!!」

斬《き》りつけてくる侍の大刀を叩《たた》き落し、左手にこれを拾いあげるや、大川へ投げ込み、侍の足を蹴《け》って転倒させたことがある。

侍は逃げた。ここまで、なぶりものにされては逃げるよりほかに道はない。

「うふ、ふふ……」

と、真琴が得意のふくみ笑いを洩らし、大刀を鞘《さや》におさめ、立ち去りかけて、

（や……？）

侍のふところから落ちたらしい小さな包みを見た。当夜は月の光りが冴《さ》えていた。袱紗包みである。拾いあげ、包みをひらくと一冊の薄い本が出て来た。

（ふうむ。何ぞ学問でもしているのか……）

少し先の、旗本屋敷の長屋門の窓から洩れる灯影《ほかげ》に、その本を捲って見て、

（あっ……）

おもわず真琴は、その本を投げ捨て、走り去った。

けれども、すぐに引き返して来た。

（このように汚《けが》らわしきものを、両刀をたばさむ武士が懐中にしているとは……何と、あさましいことではないか。怪《け》しからぬ。まったくもって怪しからぬ）

怪しからぬ、怪しからぬと胸の内に叫びつつ、真琴は件《くだん》の、いかがわしき、汚らわしき絵巻を懐中におさめ、そそくさとして立ち去ったのである。

千代が突然に障子を開けたとき、先日、

「ぶ、ぶれいもの!!」

叱《しか》りつけざま、板の間の彼方《かなた》へ放《ほう》り投げたのも、やはり、この本であった。

絵巻は手垢《てあか》にまみれてい、表紙などは、ぼろぼろになって、表題の文字も千切れ、辛《かろ》うじて〔夢之《ゆめの》……〕の二字と〔寺〕の一字が草色の表紙に貼《は》りついている。

中の絵も、文章も、はじめの二、三枚と終りの五枚ほどが千切れたようになってい

るが、十数余の絵が残されていて、真琴の眼《め》にも、この本が出版されたのは、古いむかしのことのように見えた。

絵に添えられた文章は、真琴が見たことも聞いたこともないような語句がならんでいて、何やらさっぱりわからぬ。

文章はわからぬが、絵はわかった。

それにしても、何と恐ろしい絵であろうか。

この絵物語は、どこかの大寺院の上人《しょうにん》が、夜になると、女を寺の奥の密室へ引き入れ、交歓《こうかん》をするというものである。

日中は、妙に気高い顔をして、立派な法衣に身を包んだ高僧が夜ふけになると、その法衣をかなぐり捨てて醜い裸身をさらし、女を抱く。

(男女というものは、かようなまねをするものなのか……?)

真琴も二十五歳の女なのだから、男女のいとなみについては、うすうす知っている。うすうすといったのは、まだ体験したことがないからだが、

(それにしても……)

この絵巻の男女は、枕、脇息、夜具、屛風《びょうぶ》など、そうした道具を利用して、立ったり坐ったり、四つ足の獣になったかとおもうような体位となって交歓をする。

(あっ、汚らわしい)

本を、放り捨てたりもするが、すぐに真琴は手に取らずにはいられぬ。

またしても、眼を凝らさずにはいられぬ。

(こ、このような……このような……)

見つめているうちに、喉《のど》はかわき、全身に汗がにじむ。

真琴は、この本の絵によって、はじめて男の秘所を見た。知ったのだ。

むろん、その男の秘所がせめたてている女の秘所も、あますところなく描かれている。

「ふうむ……」

はじめて見たときは、おもわず唸《うな》った。

そのうちに、

(こ、これは、いささか、ちがうのではないか……)

と、おもいはじめた。

そこで、千代に、

「これ、背中をながしてくれぬか。お前も一緒に入るがよい」

共に湯殿へ入り、それとなく、千代の〔女の秘所〕を、ひそかに見やると、真琴と同様に尋常である。

女の秘所が、このように誇張して描かれてあるのだから、この本の絵の男の秘所の図も、誇張描写がなされているに相違ない。

堀真琴が、この絵巻に、もっともひきつけられたのは、交歓している男女……ことに女の顔の、その表情であった。

(このように、汚らわしきことをいたしながら、な、何という……)

毎夜毎夜、上人と交歓する女はちがう。

その女たちが、それぞれに恍惚《こうこつ》となり、双腕《もろうで》を上人のくび、へ巻きつけ、両眼を細めている。

そればかりか、真琴が見るに堪えぬ仕草をはじめるのだ。

「ふうむ……」

真琴は唸り、

「あっ……このような汚らわしきことを……」

などと口走り、本を投げ捨てたり、叩きつけたり、また手に取ったり……そのありさまを千代が見たら、いや、たとえば師の桑田勝蔵や、男の剣友たちが見たら、何とおもうであろう。

(いけない。このようなことをつづけていては……このような本《もの》は、一時も早く、川へ……川へ捨ててしまわねば……)

おもいつつも、まだ、捨てきれない。

そこは、きびしい剣の修行に堪えてきた堀真琴だけに、連夜のごとく、この本を取り出すわけではない。

けれども、十日に一度ほどは、本の絵を見たいという誘惑に打ちかつことができぬ。

四

もしも、この夜、堀真琴が件の絵巻を読みはじめなかったら、事は、もっと別の展開を見せていたやも知れぬ。

真琴が絵巻を手にすることなく、もっと早い時間に眠ってしまっていたら、どうなったろう。

真琴自身が眠っている離れ屋へ、怪しい者どもが侵入して来たなら、真琴はたちどころに、その気配を察知して、しかるべく姿勢をととのえたろう。

だが、母屋《おもや》の様子にまでは、気がつかなかったにちがいない。

しかし、この夜の真琴は、われを忘れて飽くこともなく、絵巻を見ることに熱中しており、いったんは絵巻を仕舞い、床についたが、八ツ半（午前三時）近くまで眠れなかった。

それでもようやく、うとうととしかけて、

（はて……？）

真琴は、はっと目ざめた。

戸外の闇《やみ》の中に、何かひたひたとせまって来る物の気配を真琴は感じた。

前夜に、千代が井戸端に屈《かが》み込んでいた怪しい男を見たこともあるし、こうなると油断はできぬ。

真琴は、そっと起きあがり、寝衣の帯をしめ直して脇差《わきざし》を帯し、板敷きの間にかけてある木太刀の一つをえらび、手につかんだ。

板敷きの間の片隅《かたすみ》に、掃除のときの掃き出し口が設けてあり、これが大きめの窓にもなっている。むろんのことに障子も雨戸もあるが、そこは離れ屋の裏側にあたり、竹藪《たけやぶ》がせまっているので外からは容易にわからぬ。

この掃き出し口から、真琴は音もなく外へすべり出た。

身を低め、離れ屋の裏をまわり、銀杏《いちょう》の樹《き》の蔭《かげ》へ入る。樹齢が百年という大銀杏であった。

そこから顔を出し、母屋の方をうかがうと、あきらかに黒い人影が三つほど見えた。

母屋の台所にも、真琴の有明行燈と同じ役目をする小さな行燈が柱に掛けられてい、そのあかりが窓から洩れている。

三人の男は、いずれも布で顔を隠し、尻紮《しりから》げをした腰に脇差を差し込んでいるではないか。

まさに、

（怪しき者ども……）

ではある。

まだ、他《ほか》にいるやも知れぬ。

果して、一人、二人と、母屋の表口のほうから同じような男たちがあらわれた。合わせて五人だが、中に侍は一人もいないようだ。

五人は、ひそひそと何やらささやき合っている。

離れ屋のほうへは、一人も近寄って来ない。

（はて、何者であろう？）

母屋の万右衛門《まんえもん》や千代が、人の恨みを買うはずもない。して見ると、これは単なる強盗なのであろうか。それにしては五人も人数をそろえ、金品に縁もない万右衛門宅へ押し込むのもおかしい。

前夜、千代が見かけた男は、離れ屋の様子をうかがっていたらしい。その男の同類ならば、母屋ではなく、

（私のほうへ近寄って来るはず……）

なのである。

真琴は例のやまいが出て、夜ふけの巷《ちまた》で何人もの侍の髷を切り落したり、川へ投げ込んだりしてきたが、その場所もえらび、こちらの顔は頭巾《ずきん》で隠してあるから、

（知れようはずがない……）

と、おもうが、もしも知れたなら、その侍たちの恨みを買うことは必定であった。

いまひとつ、これは養子縁組についての試合で、真琴に打ち負かされた候補者が恨みを抱いているということで……それも考えられぬことはない。

（いまこのとき、あの者どもを、どのようにあつかったらよいものか？）

真琴は迷った。

いずれにせよ、何者かが、無頼《ぶらい》の者どもをあつめ、万右衛門宅へ押し入って来た。

そのねらいは何か……。

そのときであった。

五人のうちの一人が、離れ屋の方へ近寄って行くのに気づいた。

その男は、離れ屋の垣根《かきね》のあたりに屈み込み、気配をうかがっているようだ。

あとの四人は、台所の戸口に屈み込んでいる。

ややあって、離れ屋の気配をうかがっていた男がもどって行き、うなずいて見せたのは、真琴が何も知らず、離れ屋の内に眠っているらしいと告げたのであろう。

男たちは腰をあげ、何やら妙なことをしはじめた。

台所口の雨戸と戸障子を、密《ひそ》かに外そうとしているのである。

これで、曲者どもが万右衛門と千代が眠っている母屋へ押し込もうとしているのが、はっきりと真琴にわかった。

（万右衛門がねらわれている……それとも、物盗《ものと》りか……）

曲者どもは、只《ただ》の男たちではなかった。

それが証拠に、彼らは、ほとんど音もたてずに雨戸を一枚、外してしまったではないか。

これは、他人の家へ何度も押し込みをかけている者でなくてはできない芸当だ。

（もはや、猶予《ゆうよ》はならぬ）

と、真琴は断じた。

するすると、銀杏の樹の蔭から歩み出た真琴が、

「これ、何をしている？」

しずかに声をかけたときの、五人の曲者の驚愕《きょうがく》ぶりを何にたとえたらよかったろう。

「あっ……」

彼らが竦《すく》みあがった一瞬後に、中のひとりが、

「むうん……」

崩れ折れるように、倒れ伏した。

真琴の当身を胸下にくらって、気絶したのだ。

先《ま》ず、この一人を気絶させ、捕えてしまえば、彼らの正体も知れようというものだ。

「おのれら、何者じゃ？」

真琴の声が、凜々《りんりん》として裏庭へ響きわたった。

四人の曲者は、正気を取りもどし、ぱっと飛び下り、いっせいに脇差を抜きはらった。

雨戸を一枚外したので、母屋のあかりがさらに洩《も》れてきて、覆面の男たちの黒い姿を闇の中に浮きあがらせた。

「ぬ!!」

低く叫んで、真琴の左側面へまわった一人が、猛然と脇差を突き入れてきた。

もとより、堀真琴に油断のあろうはずがない。

左足を引いて躱《かわ》しざま、木太刀で、そやつの腰を打った。

いや、打ったつもりだが、真琴はいささか曲者どもを見くびっていたようだ。

突き入れた脇差を躱されたとたんに、そやつはくるりとまわって、いきなり脇差を真琴めがけて投げつけたものである。

この奇襲には、さすがの真琴も、ぎくりとした。

わずかに躱した真琴の胸もとを掠《かす》めて、脇差は、外されてなかった台所の雨戸へ突き立った。

「おのれ!!」

怒って、木太刀を構えた真琴へ、曲者ふたりが、左右から切りつけてきた。

五

はじめ、突然に堀真琴《ほりまこと》が声をかけてあらわれたとき、曲者《くせもの》どもは驚愕した。

しかし、そのおどろきからさめた彼らは、別人のようであった。

別人といっても、真琴より強くなったわけではない。

曲者どもは、真琴が自分たちより強いことを、じゅうぶんにわきまえていたのである。

四人がかりで、真琴に勝てぬとなればどうする。

逃げるよりほかに仕方がない。それも証拠を残さずにだ。

ところが、早くも、証拠となるべき一人が真琴の当身をくらって倒れている。

こやつも共に逃《の》がさなくてはならぬ。

ということは、つまり、気をうしなっているこやつを担《かつ》いで逃げなくてはならぬ。

そのことを、一瞬のうちに彼らは覚《さと》った、とみてよい。

四人のうちの一人が、先ず、真琴へ脇差を突っかけ、躱されたとみるや、脇差を投げつけざま、反転して倒れている仲間の傍《そば》へ走り寄った。

間、髪を入れずに、二人の曲者が真琴へ切ってかかる。

同時に、残る一人も気絶した仲間へ駆け寄り、二人して、ぱっ、とこやつの躰《からだ》を抱き起した。

「鋭!!」

闇を切り割いて、真琴の気合声がひびく。

「あっ……」

真琴の木太刀を腕に受け、脇差を落した曲者は痛みをこらえ、これまた反転して、いましも気絶の仲間を抱き起した二人のもとへ走り寄り、

「それっ」

かけ声を発し、三人が気絶男を担ぎあげた。

「これ、待て!!」

それと気づいた真琴が叫ぶのへ、残った一人が脇差を投げつけた。

腰を沈めた真琴の頭上を、脇差が風を切って飛びぬけた。

そのときには、四人が一団となり、気絶男を担ぎあげ、裏の竹藪の方を目ざし走り出している。

その逃げ足の速さ、息の合った四人の身のこなしには、間然するところがない。

「待て!!」

すぐさま、真琴は追った。

曲者どもは、裏庭から竹藪へは入らず、そのまま前庭へ出て外へ抜け、田圃道《たんぼみち》を一散に走り出した。

「おのれ」

追ってみたが、追いつかぬ。それほどに、彼らの逃げ足は堂に入っていたのである。

曲者どもは、早くも闇の中へ消え込もうとしていた。

前庭から、田圃道へまで追って出た真琴の足がぴたりと停《と》まった。

あまりにも見事な曲者どもの逃げ足に、さすがの真琴が、

「ふうむ……」

唸り声を発したが、それだけに、母屋のほうが気にかかった。

(もしやすると、私をさそい出し、その隙《すき》に万右衛門と千代を……)

と、おもったからだ。

身をひるがえし、真琴が台所口へもどると、万右衛門が提灯《ちょうちん》をつけてあらわれた。

「真琴さま。な、何が起ったので……?」

「千代は、大事ないか?」

「はい」

真琴の声をきいて、千代が飛び出して来た。

曲者どもは、合わせて三振《みふり》の脇差を落したまま逃げた。

真琴は、台所へ入り、灯火のもとで、この脇差をあらためて見たが、どうということもない脇差である。

「真琴さま。いったい、これは……？」

「ま、聞くがよい」

真琴は、始終を語り、

「万右衛門に、こころあたりはないか？」

「とんでもないことでございます」

「はて……」

ともかくも、五人の曲者どもが真琴の離れ屋ではなく、万右衛門たちが眠っている母屋へ押し込もうとしたことは事実だ。

「では、物盗りか……？」

真琴がつぶやくと、万右衛門が、

「まさか……」

苦笑を洩らした。

単なる物盗りにしては、万右衛門宅を五人がかりで襲うというのもおかしいし、しかも、あれだけ呼吸《いき》の合った五人組ならば、市中の大店《おおだな》へ押し込んでもおかしくはない。

「おお、怖」

と、千代が半ばあまえて、真琴へかじりつくのへ、

「よし、よし」

真琴は抱き寄せ、

「心配いたすな」

千代の髪を撫《な》でてやりながら、

「明日からは、お前たちと共に、私も母屋で寝《やす》もう」

「まあ、うれしい」

「私にも、何のことかわからぬが……」

真琴が眉《まゆ》を寄せて、

「ともあれ、油断はならぬ」

「このことは、お上《かみ》の耳へ入れておいたほうが、よくはございませんか」

「いや、待て」

「何故《なぜ》でございます?」

「これは、何かのまちがいであるやも知れぬ」

「まちがい……？」

「いや、いま少し待て」

真琴が万右衛門を押しとどめたのは、自分にも後《うしろ》めたいところがあるからだ。

それは、夜ふけの巷に出没し、通行の侍たちの髷《まげ》を切ったりして、いたずらをしてきたことだ。これが、土地《ところ》の御用聞きの耳へでも入ったら、大変なことになる。

たとえば、奉行所のほうへ、今夜の一件を届け出て、理由もなく、曲者どもが押し込みをかけたとなれば、当然、万右衛門や真琴にも調べがおよぶであろう。

そうなれば、真琴の身分や、ひいては堀内蔵助《くらのすけ》についても、内密の調べがおよぶやも知れぬ。

いかな真琴でも、そのことを考えぬわけにはまいらぬ。

(伯父上に、迷惑をかけてはならぬ)

このことであった。

これまでに、さんざん迷惑をかけてきている真琴だが、それとこれとは別である。

伯父上に迷惑といいながら、実は、自分にも迷惑であるからなのだが、その点は自覚がない真琴なのだ。

「伯父上のお耳へ達するようなことがあってはならぬ」

「真琴さま。それは大丈夫でございます。土地《ところ》の御用聞きの中には、むかしからの友だちもおります。万事に心得て、うまくはからってくれましょうから……」

「いや、待て」

「ですが、真琴さま……」

「待てといったら待て」

と、真琴が万右衛門を睨《にら》みつけた。

ところで……。

同じ、この夜ふけに、真琴に関《かか》わる別の場所で、もう一つの異変が起っていた。

その場所とは、ほかならぬ堀内蔵助の、芝・愛宕下《あたごした》の本邸である。

前日の夕刻に、堀内蔵助は、別邸に詰めている鈴木小平次を本邸へよび寄せ、夜に入ってまで、かなり長時間にわたり、密談をかわしていた。

このため、鈴木は本邸へ泊ることになった。

そして、夜ふけの四ツ（午後十時）ごろに、異変が起った。

異変は異変だが、予想できぬ異変というのではない。

前にも一度、同じようなことが起っていたからだ。

堀内蔵助が心ノ臓の発作を起したのである。

すぐさま、主治医の武田玄春《たけだげんしゅん》が駕籠《かご》で駆けつけて来た。

武田玄春は、幕府から二百俵の扶持《ふち》をもらっている表御番医師で、愛宕下からも近い芝の藪小路《やぶこうじ》に屋敷がある。

玄春の手当を受けた堀内蔵助は、発作もしずまり、空が白むころ、ようやく眠りに入った。

それを見とどけてから、武田玄春が、

「いささか、申しあぐることがござる」

と、堀家の家老・山口庄左衛門《やまぐちしょうざえもん》を密《ひそ》かに別室へまねき、

「殿の御病気は、安静第一にござる」

「はあ……」

「これよりは、よほどに気をつけねばなりませぬ」

「と、申されますのは？」

「このつぎに、あのような発作が起りましたるときは、殿の御寿命にもかかわりましょう」

真剣な眼《め》の色になって、そういった。

六

開けはなった窓の向うに、まんまんたる大川（隅田川《すみだがわ》）の暗い川面《かわも》がのぞまれた。

月のない、曇った夜ふけである。

「さようか……」

相手のはなしを聞き終えてうなずき、煙管《きせる》へ煙草《たばこ》をつめはじめたのは、二百石の旗本・井戸《いど》又兵衛《またべえ》であった。

又兵衛の向うに坐《すわ》っている男がふたり。

そのうちの一人は一昨日の夜に、万右衛門《まんえもん》宅へ押し込もうとした五人の曲者の中の、最後に堀真琴《ほりまこと》へ脇差《わきざし》を投げつけた男だ。

この男を背中で庇《かば》うかたちに坐り、いままで、井戸又兵衛に一昨夜の失敗を語り終えたのは五十を三つ四つは越えたかとおもわれる老人で、でっぷりと肥った人品も風采《ふうさい》もよい。

「のう、清七」

と、老人へ井戸又兵衛がよびかけて、

「では、何の証拠も残さなかった、これに相違はないな?」

念を入れた。

「はい。脇差を三本、落したままに……」

「それはよい。脇差などはかまわぬ」

「はい」

清七とよばれた老人の声音は、落ちつきはらっている。

薄暗い灯火のもとで、この老人は、どこぞの大店の主人のようにも見えるほどだが、
実は、本所・深川界隈《かいわい》で、

「知る人ぞ知る……」

顔役なのだ。

香具師《やし》の元締で、三河屋清七といえば、土地《ところ》の悪《わる》どもがふるえあがるそうな。

「おい、富……」

と、清七老人が後ろにかしこまっている男へ、

「手前《てめえ》たちのことゆえ、ぬかりはなかったろうが、大丈夫なのだな？」

「へい」

富とよばれた三十男が、きっぱりと、

「大丈夫でございます。それにしても、気づかれるはずはねえのでございますがね」

と、いった。

「いずれにしろ、万右衛門と小娘を引っ攫《さら》って人質にとることは失敗《しくじり》ました。ま、ほかにも手段《て》はございます。そこで……」

「うむ？」

「それについては、もう少し、くわしいはなしをしていただきませぬと、三河屋清七

も手の打ちようがございません」

　こういって、清七老人は井戸又兵衛の盃《さかずき》へ酌《しゃく》をしかけたが、

「あ、これはいけない。富、熱いのを……」

「承知いたしました」

　富が、座敷から出て行くのを見すまして、三河屋清七が、

「私は、井戸様がお若いころ、土地《ところ》で暴れていなすったころからのつきあいで、なればこそ、このたびも、くわしいわけもろくに耳へ入れずに、お手つだいをさせていただきました」

「さよう。おぬしとも長いつきあいになるな」

　井戸又兵衛は二男に生まれて、はじめは家をつぐこともならず、酒と女に明け暮れる放埒《ほうらつ》をしてきた。そのための金がないのだから、金を得るためには相当の悪事をはたらいたこともある。

　それが兄の病死によって、急に二百石の家をつぐことになったのは十二年前のことだ。

　二百石の当主となり、妻を迎え、子を二人もうけた井戸は、むかしのようなまねをするわけにはまいらぬ。だが、むかしの放蕩《ほうとう》の味を忘れかねているところもある。

　本所という土地は、むかしといっても、つい七、八十年前までは江戸の郊外で、下《しも》

総国から武蔵国になり、葛飾郡の本庄ほんじょうといった。

ゆえに、江戸市中へ編入されて〔本所〕と書くようになったいまも、人びとは「ほんじょう」とよぶ。

いわば、新開地だったわけで、したがって土地の風俗も気風も、同じ江戸でも山ノ手とは、まったくちがうのである。

それは、たとえば、井戸又兵衛のような旗本にもおよんでいるのだ。

「井戸様も、むかしの又さんとはちがいます。いまはれっきとした御直参《ごじきさん》でございますからね」

と、釘《くぎ》を刺すようにいう三河屋清七へ、

「もう、よいわ」

井戸は苦笑を浮かべ、

「元締にはかなわねえ」

がらりと、口調を変えていう。

「ですから井戸様。その女武芸者を、何故に殺さなくてはならないので……？」

「女ともおもえぬやつなのだよ」

「ははあ……」

「悪いやつなのだ」

「ふうむ」

「これは、さるところからのお指図を受け、おれがはからっていることなのだ」

「さるところからの、お指図?」

「さよう」

「すると何でございますか、その、さるところというのは、井戸様の上《うえ》つ方《がた》の……」

「ま……そんなところだ」

「なるほど」

三河屋清七は、凝《じっ》と井戸又兵衛を見つめた。

清七の両眼は老人とはおもえぬ、ちからのこもった光りをたたえている。

三河屋清七が、どれほど凄《すご》い老人なのか、井戸はじゅうぶんに心得ているはずだ。

「ねえ、井戸様」

「うむ……」

「女武芸者はさておき、あの万右衛門という爺《とっ》つぁんは、土地《ところ》でも少しは聞こえた年寄でございますぜ。若いころは、七千石の御大身、堀内蔵助様へ中間奉公に出ていたということでございますよ」

「ほう。そうか……」

井戸が、身を乗り出したところをみると、井戸は真琴と万右衛門の関係を、まだ知らぬらしい。

「それで井戸様。これより先は、どうなさいますね？」

井戸又兵衛は両眼を閉じて、沈思した。

それと見た清七老人が、

「これは、また、日をあらためて、お目にかかりましょう。ともかくも、あの女のことを、もう一探りしてみましょうよ」

「すまぬが、そうしてくれい」

七

それから五日後に、井戸又兵衛が戸田金十郎の屋敷を訪れた。

相変らず、戸田は頭巾《ずきん》をかぶったまま、居間に引きこもっている。

「御不自由でありましょうな」

と、井戸又兵衛が同情をした。

戸田金十郎も、いまは、髷《まげ》がないことを隠しきれなくなっていた。

戸田の髷は、毎朝、中島辰蔵《なかじまたつぞう》という家来がととのえることになっているから、どうにも隠しきれない。

中島は五十七歳になる。あるじの金十郎が生まれたときには、すでに、戸田家へ奉公をしており、以来、金十郎の身のまわりの世話は中島がしてきた。

戸田が、自分の髷を切り落されたことを、どのようにして中島へ語ったか、それは知らぬ。おそらく、ありのままを語ったわけではあるまい。

中島は聞き終えるや、すべては自分の過失ということにした。

そして、近いうちに、女がするように〔入れ髪〕をして体裁をととのえれば、髷を結えぬことはないと、いっているそうな。

いまの戸田金十郎は、病床についていることになっていて、奉公人たちは、あるじの髷のことを知っていないようだ。

戸田の身のまわりを世話する者は、中島をはじめ侍女たちも、口が堅い。

「それは何より。私も入れ髪のことを考えておりましたよ」

「中島辰蔵に、釘を刺されたわ」

「ははあ……」

「これよりは、夜遊びをおつつしみなされますよう、とな」

「ところで、先夜……」

と、井戸又兵衛が、万右衛門と千代の誘拐《ゆうかい》に失敗した一件を語り、

「老爺《ろうや》と小娘を人質にして、あの女武道を苦しめようというのは、いささか思案をし

すぎたようで……」

「待て。いま、何と申した。女……女武道じゃと？」

「さよう。彼奴《きやつ》めは、女でござった」

戸田が、呆《あき》れ顔となった。

「実は、先夜の押し込みをたのみました三河屋清七が探ったところによりますと、かの万右衛門と申す老爺は、以前、七千石の大身・堀内蔵助《ほりくらのすけ》様へ長らく奉公に出ていた者だそうにござる」

「ほう……」

戸田金十郎が膝《ひざ》を乗り出すのへ、井戸又兵衛が、

「私もおどろきましたが、あの女武道は、堀内蔵助様の養女でござる」

「何と……」

「名を堀真琴《まこと》と申し、五ツ目の桑田勝蔵という剣客の道場に通いおりますそうな。これも、三河屋が探ってくれ、昨日、私のもとへ知らせてよこしました」

「ふうむ……」

戸田金十郎は半眼となり、銀の煙管へ煙草をつめかけた手をとめ、凝と考え込んだ。

「ごめんを……」

と、井戸は軽く頭を下げてから、袂落《たもとおと》しの煙管を取り出し、煙草を吸いはじめた。

身分の差はあるが、戸田と井戸は幼少のころからの知り合いだけに、他人にはわからぬ親しさがある。井戸又兵衛は戸田金十郎の〔悪友〕といってよいだろう。

ややあって、井戸が、

「三河屋清七は、もそっと、くわしい事情《わけ》をはなせと申しましてな。それでないと、向後は、はたらけぬと申します」

「それでよい」

うめくような声で、戸田がいった。

「これよりは、わしがやる。わしにおもうところがある」

「それは？」

問いかける井戸又兵衛へ、戸田金十郎がに、や、り、として見せ、

「はかりごとは、密なるべし」

「私にも？」

「さよう」

「それは、いささか……」

「水くさいとでも申すのか、又兵衛」

「いかにも」

戸田は井戸よりも五歳年下の三十七歳なのだが、身分が上というだけではなく、万事に老《ふ》けて見える。

反対に四十二歳の井戸は四、五歳は若く見えた。

「それでは、かの女武道、いや堀真琴の一命を奪うことについて、御決心に変りはないのですな？」

「………」

「七千石の大身の養女ともなれば、もはや二度と失敗《しくじり》はゆるされませぬ」

急に、戸田金十郎は押し黙ってしまった。

こうなったときの、戸田の肚《はら》の内は、

「何を考えているのか、底が知れぬ」

ところがあった。

幼少のころから戸田を知っている井戸又兵衛だが、時折、戸田金十郎を不気味におもうことがあるのだ。

庭の、どこかで、草雲雀《くさひばり》が鳴いていた。

午後の日ざしがかたむきかけている、この時刻に草雲雀が鳴くのはめずらしい。

井戸又兵衛は何となく、そのさびしげな鳴声を聴いているうちに、気が滅入《めい》ってきた。

ちょうど、そのころ……。

織田平太郎《おだへいたろう》が稽古《けいこ》を終え、日本橋・本銀町《ほんしろがねちょう》の間宮道場を出て、駿河台《するがだい》の父の屋敷へ向いつつあった。このところ、平太郎には供がついていない。

真琴との一件があって間もなく、供の足軽・初見国平《はつみくにへい》へ、

「子供ではあるまいし、もはや供はいらぬ。父上には内密にしておけばよい」

平太郎はそういって、道場通いは、ひとりでするようになったのだ。

間宮道場の裏側には神田堀《かんだぼり》とよばれている堀割がながれてい、この堀川の向うに長い土手がある。

この土手を〔八丁堤《はっちょうづつみ》〕とよぶ。幕府が火除けのために築いた土手であった。

土手の上には松が植えられてあり、織田平太郎は道場の往復に必ず、この八丁堤を通る。

空が晴れていて気分がよいときは、常盤橋御門《ときわばしごもん》まで土手を歩み、遠まわりに屋敷へ帰ることもたびたびだ。

この日も、神田堀へ架けられた東中之橋《ひがしなかのばし》をわたると、土手道へのぼるつもりでいたが、橋をわたりきった織田平太郎へ、

「卒爾《そつじ》ながら……」

と、声をかけた中年の侍がいる。

身なりもととのっているし、おだやかな顔に微笑を浮かべた侍に、平太郎は見おぼえがなかった。

こちらに見おぼえがなくても、この侍は平太郎を知っているにちがいない。

「織田平太郎様でございますか?」

ていねいに問いかけてきたけれども、それは、会話へもちこむための、単なる辞令にすぎぬことが、すぐにわかった。

「いかにも、織田平太郎にござる」

「申し遅れました。私は、堀内蔵助の家来にて、鈴木小平次と申します」

堀内蔵助といえば、あの女武道・堀真琴の父ではないか。

「うけたまわった。それがしに何ぞ御用か?」

「はい」

鈴木小平次は、あたりに目を配って、

「堤の上にて……」

と、さそった。

先日のことを根にもって、堀真琴が家来に命じ、平太郎に害をなすとも考えられぬ。

うなずいた織田平太郎の先へ立ち、堤への草道をのぼりながら、鈴木小平次が、

「先日は、まことにもって失礼を……」

あたまを下げた。

「いや何……」

平太郎は苦笑を浮かべて、

「真琴どのと、それがしの、あの日のことを知っておられたか？」

「はい」

「ひそかに、見ておられたのだな？」

「いえ、それはちがいます。まったくもって……」

二人は八丁堤へのぼり、今度は平太郎が先へ立ち、土手道を常盤橋御門の方へ歩み出した。

「織田様。本日は、お願いのことあって、まかり出《いで》ました」

「それがしに？」

「さようでございます」

二人の足がとまった。

空は、まだ明るい。

土手道から外れた松の木蔭《こかげ》へ織田平太郎をさそい、鈴木小平次はわずかに顔の色を変え、真剣の眼《まな》ざしとなって何やら語りはじめた。

平太郎が、かぶりを振る。

小平次が頭を下げ、尚《なお》も熱心にたのんでいる。

平太郎は、またも顔を振って、立ち去ろうとした。

「お待ち下さい」

土手道へ出た平太郎の袖《そで》をつかみ、

「何とぞ、私の申すことを最後まで……最後まで、お聞きとり願いまする」

と、小平次は必死に、平太郎を木蔭へ引きもどした。

二人が、松の木蔭にいたのは、半刻《はんとき》（一時間）にならなかったろう。

鈴木小平次の熱意にほだされたのか、織田平太郎は、どうやら最後まで小平次のはなしに耳をかたむけたようだ。

やがて、夕闇《ゆうやみ》がただよいはじめた八丁堤を北側へ降りて行く織田平太郎を見送り、鈴木小平次は深く頭《こうべ》をたれた。

八

同じ日の……といっても、それは、織田平太郎が鈴木小平次に声をかけられた時刻より一刻（二時間）ほど前のことになるが、堀真琴は桑田道場での稽古を終え、帰途についた。

真琴は、柳島村の畑道を抜け、横十間川に沿った道へ出たが、何をおもったかして、急に最寄《もよ》りの百姓家の前庭へ飛びこんだ。

人の気配もないままに、真琴の姿は前庭を突切り、物置小屋の陰へ隠れてしまった。

初秋の、よく晴れた日で、横十間川には舟も行き交っているし、道には人も出ている。

と……。

真琴の後から、畑道を小走りに来た男が川沿いの道へ飛び出し、あたりを見まわして、小頸《こくび》をかしげた。

この男は、桑田道場を出る真琴の後を尾《つ》けて来たのである。

「気づかれたかな……」

口の中で、男はつぶやき、それでも川沿いの道を妙見堂《みょうけんどう》の方へ歩みはじめた。

右側の百姓家が、亀戸町《かめいどちょう》の屋なみに変った。

男が、小さな煙草屋《たばこや》（兼）小間物屋の前を通りすぎようとしたときである。

その煙草屋の路地から、さっとあらわれた堀真琴が男の前へ立ちふさがった。

こうされては、男が逃げる間も隙《すき》もない。

「あっ……」

と、立ちすくんだ男を、真琴が凄《すさ》まじい眼《め》の色になって睨《にら》みつけ、

「尾けて来たな、おのれは」

「う……」

「おのれは、先夜、押し込んで来た者か。どうじゃ？」

「いえ、あの……」

「逃《の》がさぬぞ、今日は」

「と、とんでもない」

「尾けて来たな、たしかに……」

「はい。も、申しわけもございません」

「おのれは何者じゃ？」

問いつめる真琴の声も、こたえる男の声も低いが、只《ただ》ならぬ様子に気づいた煙草屋の店番をしている老婆《ろうば》が、くびをのばして路地口に立つ二人を見まもっている。

それに気づいた真琴が、

「先へ立って歩め。逃げようとすれば背中を斬《き》る」

「う……」

男は仕方もなく先へ立って歩み出しつつ、

「真琴さま。お忘れでございますか？」

と、いうではないか。

「何と？」

「私でございますよ」

振り向いた男が、

「御用聞きの友治郎《ともじろう》でございます」

そういわれて真琴は、つくづくと男……いや友治郎を見まもっていたが、

「おお、まさに……」

「後を尾けたりしたのは、つい、癖が出てしまいましたので、まことにもってこれは、申しわけの仕様もございません」

「うふ、ふふ……」

と、真琴が笑って、

「そうして、ひそかに私のことを観照しておられたか」

「いえ、別にそんなわけでは……」

「いやこれは、失礼をいたした。その折は、いかいお世話になりましたなあ」

と、真琴がなつかしげに、

「友治郎どの。何処《いずこ》から私を尾けてまいられたか？」

「あの剣術の道場から……」

「知っておられたか」

「はい。関口元道《せきぐちげんどう》先生からうかがいました」

「元道先生は、江戸へもどられましたか？」

「はい。それで、一度、真琴さまにお目にかかりたくなり、こちらへまいりまして、道場でのお稽古ぶりを、外の見物にまじって見せていただきました」

「これは、少しも気づかなんだ」

「この菅笠《すげがさ》をかぶっておりましたので」

「なるほど」

「それにしてもおどろきましてございます。あの真琴さまが、このように、お強いお方になられましょうとは……それで、つい、お目にかかる前に、あなたさまのことが何やらこう、おもしろくなってまいりまして、後を尾けてしまいました。これが御用聞きという、私どもの悪い癖なのでございます。いつでございましたか、私の女房《にょうぼう》を大木戸のあたりで見かけましたときも、後を尾けたりしたことがございます。のちに女房へ打ちあけて、いやもう、ひどく叱《しか》られました」

「は、はは……」

　真琴が、さわやかに笑う。

　友治郎は、

（なるほど、こいつは大層な変りようだ。元道先生がおどろくのもむりはない）

まだ、おどろきの色が顔から消えぬ。

「友治郎どの」

「はい？」

「お急ぎでなくば、私の宅へまいられぬか」

「よろしいのでございますか？」

「かまいませぬ。さいわい、友治郎どのに出会えたので、いささか相談いたしたいこともあります」

「真琴さまが、私に相談を？」

「いかにも」

「私のほうにも、あなたさまのお耳へ入れておきたいことがございますので」

「さようか。ちょうどよい。帰りは私が舟で両国のあたりまで送って進ぜよう」

堀真琴は先へ立ち、颯爽《さっそう》と歩みを速めた。

九

御用聞きの友治郎を、小梅村の万右衛門《まんえもん》宅へ案内した堀真琴《ほりまこと》は、台所にいた千代に、

「以前に、私がいろいろと世話になったお人じゃ。千代、酒などあるか？」

「はい、ありますよ」

「燗《かん》とやらをせぬでもよいゆえ、仕度をしてあげよ」

「はあい」

友治郎は、真琴の離れの縁側へ腰をかけ、

「へーえ……このようなところに、お住いでございましたか……」

ものめずらしげに、あたりを見まわしていたが、

「それで真琴さま。私へのご相談とおっしゃいますのは？」

「友治郎どのも、私の耳へ入れておきたいことがあるそうな。先《ま》ず、それから聞きましょう」

まさに男そのもの、真琴のきびきびとした物腰と口調を見たり聞いたりしていると、友治郎は、何やら物の怪《け》の前にいるようなおもいがして、

（変れば変るもの……ほんとうに、このお人は、真琴さまなのか……）

だが、堀真琴でなければ、友治郎を知っているわけはない。

「これ、友治郎どの。どうなされた？」

「いや、別に何でもございません」

「さ、聞きましょう」

「真琴さま。あの、九年前のことを、おぼえておいでなさいますか？」

「九年前……」

「忘れるものではありませぬ」

「はい」

　そういって真琴は、われ知らず両眼を伏せた。

　あのとき、自分を押し倒した無頼《ぶらい》浪人が、いきなり腕を自分の秘所へ差し込んできたときの、筆舌にはつくしがたい、不気味な、恐ろしい感触は、いまだになまなましい。

「あのとき、関口元道先生に鼻の先を切り落された浪人がおりました」

「おお。そやつ、おぼえています」

「いま、はっきりとは申せませんが、もしやすると、江戸へもどって来たようにおもわれますので……」

「すりゃ、まことか？」

　さすがに、真琴の顔色《がんしょく》が一変した。

「どうして、それを？」

　身を乗り出す堀真琴へ、友治郎が、

「私が古くから使っております手先の者が、九年前の人相書のことを、まだおぼえていてくれたのでございます」

「ふむ、ふむ」

そこへ、千代が酒の仕度をしてあらわれた。

千代は、真琴が昂奮《こうふん》しているのを見のがさず、

「真琴さま……」

何か、いいかけるのへ、

「うるさい。向うへ行っていなさい」

真琴が叱りつけた。

「すぐに怒るのだから……」

「早う向うへ行けと申すに」

「あい、あい」

千代が台所へ入るのを見すましてから、友治郎が、

「あらためて、おうかがいいたしますが、いまも、あのときの御決心に、変りはないのでございますか?」

「申すまでもない。山崎金吾《やまざききんご》の敵《かたき》、この手で討ち取りたい」

「ですが真琴さま。このことは当分、だれの耳へも入れてはなりません。ようございますか」

「心得ました」

「実は、その手先が、人相書そっくりの鼻欠け浪人を見かけた、というのでございます」

「何と……」

このとき、母屋《おもや》の表口から万右衛門がもどって来た。

さっそくに、千代が友治郎のことを告げると、万右衛門は戸障子の覗《のぞ》き穴へ顔をつけ、しばらく見ていたが、

「何やら、ひそひそばなしをしていなさるようだ」

「チェ……」

と、お千代が可愛《かわい》らしい舌打ちをした。

「これ。小むすめのくせに、舌打ちなどをするな」

「すぐ怒る」

「何にせよ、真琴さまを一日も早く、御屋敷へもどさなくてはいけないな」

「もどさなくてもいいよう」

「そうはいかぬ」

「真琴さまは強いもの。だれにも負けやしない。それに、あの晩からずっと、こっちへ来て私《あたい》たちと一緒に眠ってくださるのだもの、安心だよう」

「お前なんかに、わかることではない」

万右衛門は、深刻な面《おも》もちで、

「殿さまのおかげんも、よくないことだしのう」

「ふうん……」

友治郎は一刻（二時間）ほどもいたろうか。

真琴は、友治郎を送って出て行った。

真琴も、先夜の、曲者《くせもの》どもが押し込んで来た一件を友治郎へ語り、内密に手がかりをつかみたい、と友治郎へ相談をした。

これも、いまのところは表沙汰《おもてざた》にしたくないのが、真琴の希望で、なればこそ友治郎の考えを尋ねたのであろう。

「よろしゅうございます。何とか探ってみましょう。真琴さまは、そのほかにも、まだ何か隠していることがございますね？」

苦笑して、友治郎はいった。

「いえ、さようなことはありませぬ」

きっぱりと真琴はいったが、実は、例の髷切《まげき》りの一件については語らなかったのだ。

そのかわり、養子縁組の試合については友治郎の耳へ入れておいた。しかし、織田《おだ》平太郎《へいたろう》のことだけは黙っていた真琴なのである。

真琴は、柳島の妙見堂《みょうけんどう》まで友治郎を送り、すぐに万右衛門宅へもどって来た。

妙見堂前には、客待ちの町駕籠《まちかご》が出ているし、友治郎が舟で送られることを辞退したからであった。

真琴はもどって来て、台所へあらわれた。

「千代。夕餉《ゆうげ》の菜は何か？」

「………」

「手つどうてあげよう」

「あれ、いいのですよう」

「かまわぬ、遠慮いたすな」

と、早くも真琴は、庖丁《ほうちょう》を手に取った。

千代と万右衛門は顔を見合わせ、ためいきをついた。

十

その日は朝から、烟《けむ》るような秋の雨であった。

窓の障子を立てきった部屋の中は薄暗い。

その部屋の瀟灑《しょうしゃ》な趣きや、膳《ぜん》の上の器や、器の中の料理も、なかなかのもので、何やら茶室めいた、この部屋は名の通った料理屋の離れ座敷のようである。

膳は二つ。客は二人であった。

時は、八ツ(午後二時)ごろになろうか……。

二人の密談は、もう一刻《いっとき》(二時間)ほどもつづいている。

客のひとりは、旗本・戸田金十郎の家来で、いつも戸田の側《そば》からはなれぬ中島辰蔵《なかじまたつぞう》だ。

別のひとりは四十がらみの堂々たる体軀《たいく》のもちぬしで、総髪《そうがみ》をきれいにゆいあげ、羽織・袴《はかま》をつけた姿も立派で、これを見れば、

「何処かの、それと知られた剣客……」

のようにおもえる。

どちらが客かというと、この剣客らしき人物がそれで、中島はこれを接待しているのだ。

二人は、密談をしながら、かなりの酒をのみつづけていた。中島も酒は強い。のみはじめたときは顔が真っ赤になるが、それがさめてくると、主人の戸田金十郎が、

「辰蔵は底なしじゃな」

あきれるほどにのんで、少しも酔わぬ。

いま、密談を終えたところで、中島は懐中から袱紗《ふくさ》に包んだものを取り出した。金である。その重みからしても、なまなかな金高ではない。

「では、たのみましたぞ」

と、中島辰蔵が念を押した。

〔剣客〕らしき男は、金包みを手に取ったが、中味をあらためようともせず、これを懐中におさめ、微《かす》かに笑った。

この男の名を、佐久間八郎《さくまはちろう》という。

佐久間は麹町《こうじまち》に中条流の道場をかまえてい、門人の中には旗本の子弟が多く、羽ぶりもよい。

それはさておき、佐久間八郎は越後《えちご》・新発田《しばた》の出身で、十八歳のころに江戸へ出て来て、五年ほど、戸田家へ奉公をしていたことがある。

いうまでもなく、戸田金十郎が当主となる前のことだが、少年時代の金十郎を佐久間はよく知っているはずだ。

「殿には、佐久間殿をいたくたのみにおもわれているようでござる」

中島がそういうと、佐久間は無言でうなずく。まことに口数の少ない佐久間八郎なのである。

中島辰蔵は、手を打って女中をよび、酒をいいつけた。

あらわれた女中が、佐久間に何やらささやくと、これに佐久間がささやき返す。

女中は去った。

雨は、依然として、音もなく降りけむっている。

「ただいま、これへ」

と、佐久間八郎。

「来ているので？」

「さよう。ま、見ていただこう。ただし……」

と、佐久間が苦笑して、

「ただし、頭巾《ずきん》をかぶったままで、おゆるしを願いたい」

「頭巾……？」

中島辰蔵が、妙な顔をした。

中島は、主人の戸田金十郎の頭巾を思い浮かべたが、主人が髷を切り落されたことについては、佐久間に洩《も》らしていない。

「さよう、頭巾を……」

佐久間がいいさしたとき、庭の踏石を踏んで、こちらへ近寄って来る人の気配がした。

佐久間が立って行き、庭に面した障子を引き開けた。

そこに、頭巾をかぶった男が立っている。

男は傘《かさ》を窄《すぼ》めたけれども、頭巾をかぶったままで一礼した。

頭巾といっても、戸田金十郎が頭のみを被《おお》っているようなものではない。

両眼《りょうめ》のみが出ていて、あとはすべて、鼻も口も頭巾の裾《すそ》で被うようになっている特別製の頭巾で、このような頭巾を中島は見たことがない。

男は、きちんと羽織・袴をつけ、両刀を帯している。

小肥りだが、それでいて筋骨がすばらしく、一目で、彼の躰《からだ》が武芸によって鍛えたことがわかった。

「滝《たき》。これへ」

佐久間に声をかけられて、滝とよばれた男は無言でうなずき、部屋へ入って障子を閉めたが、頭巾はとらぬ。

佐久間が、

「これが、滝十兵衛《じゅうべえ》でござる」

と、中島へ引き合わせた。

「は……」

わずかに声を発した滝十兵衛が、両手をつき、深く頭をたれた。

佐久間が、

(この男で、よろしいか?)

と、いうように、中島の顔を見やる。

中島辰蔵は、すぐに、うなずいて見せた。

中島が見ても、滝十兵衛という剣客が、

(只者《ただもの》ではない)

と、わかる。

身のこなしに、いささかの隙《すき》もなく、眼光は不気味に光り、瞬時だが中島を圧倒した。

(この男ならば、堀真琴《ほりまこと》とて歯が立つまい。うむ、よし。これならば大丈夫)

このことであった。

中島辰蔵は席を立ち、

「後は、ゆるりとして下され」

二人に軽く頭を下げると、廊下へ出て行った。

「金は、道場へ帰ってからわたす。それでよいな?」

「は……」

そこへ、座敷女中が酒肴《しゆこう》を運んであらわれたが、部屋へ通っても頭巾をぬがぬ滝十兵衛に気づいて、妙な顔をした。

「これ、女中。駕籠を二梃《ちよう》、たのむ。さよう、半刻(一時間)ほど後でよい」

「あの、いま、御料理が……」

「それはよい。後は、よぶまで入って来ぬように」

「承知いたしましてございます」

こうした料理屋の女中は密談を怪しまぬし、しかも、この店は、戸田金十郎の息がかかっているとみえる。

女中が去ると、佐久間八郎が、

「ま、盃《さかずき》……」

「は……」

ここに至って、滝十兵衛は、ようやくに頭巾をぬいだ。

顔のすべてがあらわれた。

鼻がない。

この滝の顔を見たら、堀真琴は何というであろう。

まさに、九年前のあの日、真琴に襲いかかった無頼《ぶらい》浪人のひとりなのである。

しかも、こやつは山崎金吾を一刀のもとに斬《き》って殪《たお》したのである。

そして、関口元道に刀を奪われ、鼻の先を切り落されたのだ。

その鼻先は、潰《つぶ》れかかったように青黒くかたまり、滝十兵衛の相貌《そうぼう》は何ともいえぬ奇怪《きっかい》なものとなってしまい、顔も変ったが、現在の滝は九年前の彼ではない。

滝十兵衛の〔悪剣〕は、九年前よりもさらに、悪の磨《みが》きがかかっていると看《み》てよい。

いまの滝は、かつて、真琴を襲ったように、路傍で女を犯したりすることもない。

そのかわり、もっと大きな悪のために、おのれの剣を揮《ふる》っているらしい。

佐久間と滝は、しずかに酒を酌《く》みかわしつつ、ほとんど声にならぬような声で、ささやき合う。

その合間に、滝十兵衛が、わずかに膝《ひざ》を打って、こういった。

「ふむ。これは、おもしろい。おもしろうござるな、佐久間先生」

菊日和《きくびより》

一

このところ、さわやかに晴れわたった秋日和がつづいていた。

暑くもなし、寒くもなく、軽《かろ》やかな身形《みなり》もこころよい。

このような日和は、一年のうち、春と秋の数日にすぎぬ。

「人の世のことどもも同じじゃ。苦難のみ多く、たのしきことは、まことに少ない」

と、堀内蔵助《くらのすけ》は、家老の山口庄左衛門《やまぐちしょうざえもん》へ洩らしたそうだが、爽涼《そうりょう》の気は、内蔵助の躰にもよい影響をあたえたらしく、

「久しぶりにて、広尾の屋敷へ行ってみたい」

と、いい出した。

主治医の武田玄春《たけだげんしゅん》も賛成してくれたものだから、堀内蔵助が駕籠で麻布《あざぶ》・広尾の別

邸へ来たのは、五日前のことである。

内蔵助は、保養のため、控屋敷へおもむく旨《むね》を幕府へ届け出てあった。

内蔵助が別邸へ入ると、供をして来た家来の半数は本邸へもどったが、家老・山口庄左衛門は別邸にとどまった。

別邸に、かの鈴木《すずき》小《こ》平次《へいじ》がいることはいうまでもない。

別邸に主人《あるじ》を迎えてから四日目、すなわち昨日の昼前に別邸を出た鈴木は、夜になっても帰って来なかった。

「鈴木小平次殿が、いまだ、帰邸いたしませぬが……」

夜に入ってから報告を受けた山口家老は、

「あ、それは、よろし。案ずるな」

こたえたそうな。

そして今日、四ツ（午前十時）ごろに、鈴木小平次は別邸へ帰って来た。

鈴木ひとりではない。

鈴木は、三十歳前後に見える侍を案内して来た。

「いま、鈴木さまが連れて来た侍は、どこの人かな？」

「見たことがない」

「顔に、うすい痘痕《あばた》のあとがあった」

「うむ。侍にしては、小さな躰で、風采《ふうさい》があがらぬ人だ」

などと、門番の小者が語り合っている。

鈴木は件《くだん》の侍を一間へ案内しておき、いったん、奥へ入り、堀内蔵助へ何やら報告をしていたようだが、すぐに出て来て自分の部屋へ入り、手早く衣服をあらため、

「織田様、お待たせいたしました。さ、御案内を……」

客の侍の先へ立った。

廊下を曲って、庭へ面したところの敷石の上に、真新しい草履と、鈴木の草履が置かれてある。

鈴木は先に庭へ降り、客用の草履をそろえた。

「かたじけない」

侍が一礼し、庭へ降り立った。

すでに読者は気づかれたであろうが、この侍は織田平太郎《おだへいたろう》である。

すると先日、道場帰りの平太郎を待ちうけ、初対面の名乗りをあげた鈴木小平次が、八丁堤《はっちょうづつみ》の松の木蔭《こかげ》で、何やらしきりに〔たのみごと〕をしていたのは、今日のことであったのか……。

それにしても、わからぬ。

織田平太郎を、いま、主人が滞在中の別邸へ案内するということは、鈴木の私用で

はあるまい。
そのとおりであった。
鈴木小平次は、ひろい庭の一角にある茶室めいた離れ屋へ、織田平太郎をみちびいた。
その離れ屋には、ほかならぬ堀内蔵助直照《なおてる》と家老・山口庄左衛門が待っていたのだ。
離れ屋の障子の外へ、片膝をついた鈴木小平次が、
「織田平太郎様、おこしにござります」
声をかけ、障子を引き開けた。
今日も、晴れわたっている。
庭の何処かで、鵯《ひよどり》がしきりに鳴いていた。
離れ屋の傍《そば》には小さな菊畑があり、菊の香りがただよっている。
織田平太郎は、
「お招きにあずかりまして……」
先《ま》ず、立ったままで深く頭《こうべ》をたれた。
「わざわざのおこし、恐れ入る」
と、堀内蔵助の口調も態度も丁重なもので、すぐに平太郎は離れ屋の内へ入った。
内蔵助と平太郎は、申すまでもなく、このときが初の対面であったが、鈴木小平次

によって、双方が双方の立場と胸の内をよくわきまえていた所為《せい》もあり、離れ屋における会談は二刻《ふたとき》（四時間）にもおよんだのである。

　この日の堀内蔵助は体調もよく、

「御病中とはおもえぬ御血色でしたな」

　織田平太郎は、離れ屋を出てから、鈴木小平次へ洩らしたそうな。

　昼餉《ひるげ》の時刻になると、簡単ながら、心をこめ、念の入った食膳《しょくぜん》が離れ屋へ運ばれ、奥女中の給仕によって、織田平太郎は三度も飯のおかわりをした。

　その平太郎を堀内蔵助は、さも、うれしげに見やっていたと、これは後になって、鈴木が給仕の奥女中から耳にしたことだ。

　昼餉の折、山口家老と鈴木は席をはずしており、食事をしたためつつ、内蔵助と平太郎は何を語り合っていたものか……。

　織田平太郎が帰途につくとき、送りの駕籠《かご》が門内に待ち受けていた。

「これは、恐れ入る」

　一礼し、駕籠へ身を乗せようとする平太郎の側《そば》へ鈴木小平次が擦り寄って、

「いかがでございましたか？」

「さよう……」

　一瞬、沈黙した織田平太郎が、にっこりとした。

その口から洩れた白い歯なみが、鈴木には輝いて見えた。

「堀内蔵助様は、まこと、鈴木殿よりうけたまわったとおりの御方でござるな」

「さ、さようでございましたか」

われ知らず、鈴木小平次が笑みくずれた。

「いかにも」

ちから強くうなずいた平太郎は、

「ちょうだいつかまつる」

鈴木にあいさつをして、駕籠へ乗った。

これを見送った鈴木は、すぐさま、奥へ引き返した。

奥庭をのぞむ一間は、かつて堀真琴や、真琴の亡母元《もと》が住み暮していた部屋で、このたびは、堀内蔵助が滞留している。

内蔵助は臥床《ふしど》もとらず、脇息《きょうそく》にもたれていた。

上きげんである。

「お疲れではござりませぬか？」

鈴木が両手をつかえて、そういうのへ、

「何の……」

内蔵助は元気に山口家老を見やり、

「疲れたなどと、申している場合ではないわ」

その声にも、張りがある。

「いかがでござりましたか？」

鈴木の問いかけに、山口家老が大きくうなずいて見せ、堀内蔵助は、

「かの織田平太郎殿は、鈴木が申したるとおりの人《じん》じゃ」

織田平太郎と同じようなことをいい、さらに、

「先ずは、安心をいたした」

と、いった。

そして、山口家老へ、

「庄左衛門。明日は上《かみ》屋敷へもどる。さように手配をいたせ」

「なれど、そのように、お急ぎあそばさずとも、いま少し御保養を……」

「いや、いささかでもちからのあるうちに事を決したい。急がねばならぬ」

「は……」

「事は端緒についたばかりじゃ。まだまだ、安心はならぬぞ」

「ははっ……」

「庄左衛門、小平次。これよりは、そのほうたちにもはたらいてもらわねばならぬ。たのむ」

「恐れ入りまする」

二人の家来は平伏をした。

今日の堀内蔵助は、とても重病の身とはおもえぬ精気があふれていて、別人を見るおもいがした。

二

深川の相川町に、房州屋という料理屋がある。

店の構えは、さほど大きくないが、ここは知る人ぞ知る料理屋で、実に旨《うま》いものを食べさせるそうな。

永代橋を深川へわたって、すぐに右へ折れ、大川（隅田川《すみだがわ》）が江戸湾へそそぐあたりに房州屋はあった。

大川が江戸湾へそそぐ、その河口の景観が、房州屋の二階座敷からおもうさまにたのしめるという。

この房州屋の座敷女中・お兼《かね》は、深川の入船町に住む御用聞き・新蔵のために、長らくはたらいている。

つまり、ひそかに聞き込みをしたり、情報をあつめたりしているわけで、男の密偵《みってい》のようにはまいらぬが、それでも、ときには貴重な情報を新蔵の耳へ入れてくれるのだ。

このことは、いうまでもなく、房州屋の主人・市兵衛《いちべえ》も知らぬ。四十を一つか二つ越えているお兼は、御用聞き新蔵の女房《にようぼう》お久《ひさ》と子供のころから知り合いなのだ。そんなことから、いつとはなく、新蔵のためにはたらくようになったのであろう。

さて、その御用聞き新蔵なのだが、この男は江戸の御用聞きの中でも、とりわけ、目黒の御用聞き友治郎《ともじろう》とは仲がよかった。

それで九年前の、あの事件の折に、友治郎がこしらえて江戸中の御用聞きへ配った二人の無頼《ぶらい》浪人の人相書のことを忘れなかったのだ。

ところで……。

先ごろの或日《あるひ》、房州屋のお兼が新蔵の家へ来て、つぎのようなことを告げた。

「九年前に、親分から聞いた、あの鼻欠けの浪人のことを、おぼえておいでなさいますかえ」

「おお、あれは、目黒の友治郎どんが追っていた……」

「ええ。その浪人かどうか、はっきりとは申せませんが、一昨日《おととい》の夜に……」

「それらしい男を見《み》たのか？」

お兼がいうには、その夜、佐久間《さくま》某という剣客が、連れの侍と共に房州屋へあらわれ、二階の奥の小座敷へ入った。

佐久間は、何でも麴町《こうじまち》のほうに剣術の道場を構えているとかで、房州屋へは去年の春ごろからよくやって来る。

連れの侍は、すっぽりと頭巾《ずきん》をかぶっていた。

「座敷へ通っても、その頭巾をとらないんですよ、親分」

お兼は、そういった。

頭巾といっても、眼《め》だけが出ていて、頭も鼻も口も被《おお》われている特種なものである。

佐久間は、一通りの料理と酒を運ばせておいて、

「あとは、よぶまで来ぬように」

と、お兼にいった。

これで、お兼は、

(怪しい)

と、看《み》たのだ。

そのときは、まさかに頭巾の侍の鼻が欠けているとはおもわなかったが、そこは入船町の新蔵の手先となってはたらく身だけに、しばらくしてから、お兼は、となりの小座敷へ忍んで行ったのである。

房州屋の二階座敷のうち、奥の小座敷二つは、それぞれ、床ノ間の一部に覗《のぞ》き穴の

仕掛けがしてあり、そこから、となり座敷の内部が見えるようになっている。

江戸のころの料理屋や水茶屋のすべてがそうだというのではないが、このような仕掛けをほどこした座敷が一つや二つあることはめずらしくない。中には〔隠し部屋〕といって、座敷のとなりに小さな部屋を設け、ここの覗き穴から、となり座敷を見ることができるようになっている料理屋もあった。

これは町奉行所でも奨励していることで、つまり、種々の犯行や、たとえば心中事件などを未然にふせぐためであった。

お兼は、さいわい、となりの小座敷が空いていたので、床ノ間の掛けものを少しずらし、壁の覗き穴の小さな蓋《ふた》を開けて、となりの部屋を見た。

佐久間某の顔の一部と、頭巾の侍の横顔が見えた。

侍は、頭巾をぬぎ、さも旨そうに料理を口へ運んでいた。

その侍の鼻の頭がない。削《そ》ぎ落されたようになっている。

それを見た瞬間に、お兼がおもい出したのは、九年前の人相書であった。

顔の整形の技術などがまったくなかった当時に、鼻の先が削ぎ落された男というのは、どこへ行っても目立ってしまう。これを隠すためには、夏でも頭巾をかぶるか、家の内に引きこもっているより仕方がないのだ。

「お兼さん。よくまあ、九年前のことをおぼえていてくれたな」

「だって親分。あの鼻欠けは、どこかのお嬢さんをむりやり、手ごめにしようとしたというじゃありませんか。そんなやつのことは決して忘れませんよ」

「目黒の友治郎どんが、さぞ、よろこぶことだろう」

そこで新蔵は、すぐさま若い者を友治郎宅へ走らせておいて、

「で、お兼さん。その佐久間何とやらいう剣術つかいの道場は、麹町といったね」

「ええ。そのように聞いています」

「よし。これから先、その二人が房州屋へあらわれたときのことを、お前さんと打ち合わせておかなくてはならねえ」

一方、新蔵の知らせを受けた友治郎は、翌朝、深川へ駆けつけて来た。

その帰り途《みち》に、関口元道《せきぐちげんどう》から聞いていた本所の桑田道場へまわり、友治郎は、男装の堀真琴に瞠目《どうもく》したのである。

その後、房州屋へは、佐久間某も頭巾の侍も姿を見せなかった。

三

その日も、御用聞きの友治郎が、桑田道場から帰る堀真琴《ほりまこと》を待ち受けていた。

先日、九年ぶりに会ってから、これが三度目だ。

真琴は、友治郎を万右衛門《まんえもん》宅へさそったが、

「今日はひとつ、ちょいと、おもしろいところへまいりましょう」

と、友治郎がいう。

「はて……？」

「真琴さまは、前を、お通りになったやも知れませぬが、中へはお入りになったことはございますまい」

「ほう……」

「ま、こうおいでなさいまし」

先へ立った友治郎が、真琴を案内したのは、両国橋の東詰、本所・元町にある〔原治《はらじ》〕という蕎麦屋《そばや》であった。

この蕎麦屋は、元禄《げんろく》のころから有名な店で、日本橋・北詰の〔日野伝《ひのでん》〕とならび称されているそうな。

表から入ると、そこは入れ込みの大座敷で、通路の踏板が縦横に置かれてある。

「ふうむ……」

真琴は、中へ入って、いかにも物めずらしげに、あたりを見まわした。

新蕎麦の香りがたちこめ、蕎麦をすすりこむ音、夕飯までの空腹をしずめ、ついでに酒を、という客のざわめきで、店内は活気にあふれている。

「友治郎どの。ここは、どうやら蕎麦を食べさせる店のようじゃな」

「さようでございます」

友治郎は踏板をわたり、奥の小座敷へ、真琴を案内した。

「ふうむ……」

真琴の好奇心は、まだ消えないらしい。

それはそうだろう。

何といっても真琴は、七千石の旗本の養女なのだ。

いまは、本邸をはなれ、好き自由にしているけれども、はじめから、こうした場所を知らぬのだから仕方がない。

「友治郎どのは、酒をあがりたいのではないか?」

「いえ、とんでもないことで」

「遠慮はいらぬ。これ、お女中」

と、真琴が、入って来た女中へ、

「このお人へ、お酒を、な」

注文してしまった。

「これは、どうも、恐れ入りました」

「いや、なに」

蕎麦の注文を、友治郎から受けた女中が出て行ってから、

「真琴さま。この前、おはなしをした佐久間八郎という剣客の道場は、麴町九丁目にございました。流儀は中条流とか」

「中条流……ふむ、さようか。私も、それとなく、桑田先生にうかがってみようとおもったが、後のちのことを考え、おもいとどまっていました」

「それがようございます。もしも、このことが堀様の内へきこえたなら、大変でございますよ」

「いや、それは……かの鼻欠け浪人さえ、内密に斬《き》って捨てれば……」

「それが、なかなかにむずかしゅうございます」

「何故に？」

「麴町の、あの道場は見張りにくいのでございます。いえ、これが、お上の御用とあれば、人手も増やせますし、見張り所を設けることもできますが、そうなれば、あの浪人を、お上が引っ捕えることになってしまいます」

「それは、困る」

「となれば、何事も、真琴さまと私と……それに、せいぜい、深川の新蔵さんの手を借りるくらいなもので、これではどうにもなりません」

「私が出張ってみてもよろしい」

「いえ、それはいけませぬ。堀様のお殿さまの御体面にもかかわることでございますよ。第一、あの辺りをうろうろしていましては、かえって、こちらが怪しまれてしまいます」

「困った……」

「真琴さま。この敵討《かたきう》ちを、どうあっても、仕とげたいのでございますか?」

「むろんのこと。それでなくては、山崎金吾《やまざききんご》の恨みを……」

いいかける真琴へ押しかぶせるように、友治郎が、

「もし、真琴さま。この敵討ちを、亡《な》き山崎さんは、およろこびなさいますでしょうか?」

「何といわれる」

「敵は、お上の手でとらせていただきます。それではいけませぬか。関口元道先生も、それがよいと申されております」

このとき、女中が注文の品を運んで来た。

四角の、蒸籠《せいろう》ふうの入れものに、太打ちの蕎麦がきれいに盛られていて、一人前が二つということらしい。

「ま、ともかくも、蕎麦をめしあがって下さいまし」

「心得た」

と、真琴が箸《はし》を手にとった。

真琴も蕎麦を食べたことは何度もある。

ときには、万右衛門が蕎麦を打って食べさせてくれたこともある。

真琴は、太打ちの蕎麦をすすり込み、

「むう……」

と、唸《うな》った。万右衛門が打つ蕎麦とは、大分にひらきがあった。

「どうなさいました？」

「うまい、かほどにうまいものとは知らなんだ……」

もう敵討ちのことなど、すっかり忘れたかのように、たちまち一人前をたいらげてしまった真琴が、

「友治郎どの」

「はい？」

「おかわりをしても、よろしいか？」

「ええ、そりやぁもう……」

真琴は小鼻をふくらませつつ、蕎麦をすすり込み、

「よい味、よい味……」

とか、

「まことにもって……」

などと、感嘆詞をはさみながら、真琴は、おかわりの蕎麦を「あっ……」という間にたいらげて、

「友治郎どの。笑うて下さるな」

「な、何をおっしゃいます」

「このような蕎麦を、はじめて口にいたした」

「道場の御門人衆と、こうしたところへ、お出かけになりませんでしたか?」

「道場では、私が女性《にょしょう》であることを、みながわきまえています。ゆえに、なかなか、こうしたところへはさそうてくれませぬ」

「さようでございましたか……」

「あの……」

「はい?」

「あの……もう、ひとつ、おかわりを……」

蚊が鳴くような声でいった真琴が、赤らめた顔を伏せた。

この、しおらしさは、まさに若い女そのものだ。

今度のおかわりで、真琴は三人前をたいらげたことになる。

「あの……代金は、私が……」

「いえ、とんでもございません」

「よろしいのか？」

「へえ、いくらでも、おかわりをして下さいまし。よろこんで下すって、此処《ここ》へおさそいした甲斐《かい》がございます」

「さようか、相すまぬ」

くびをすくめて、ちらりと舌を出して見せたのが何とも可愛《かわい》らしかったが、その真琴を友治郎は気味わるそうに見て、

「お丈夫でございますなあ」

と、いったのである。

この日、万右衛門宅へ帰った真琴は、すぐさま台所へ入り、

「千代。万右衛門は？」

「あい。ちょっと、そこまで」

「さようか。明日の夕餉《ゆうげ》は蕎麦が食べたい。そのように万右衛門へ申しておくがよい」

「そばですかぁ」

「いかにも」

「あれ物好きだよう、真琴さまは……あんなもの、ちっとも、うまくねえですよ」

「蕎麦にも、いろいろある。あらためて食べくらべてみたいのじゃ」

「へへえ……」

「のう、千代。そのうちに、お前をよいところへ連れて行ってあげよう」

「どこへですか？」

「ま、たのしみにしているがよい」

四

佐久間八郎《さくまはちろう》の道場は、麹町《こうじまち》九丁目の通りから北へ入ったところにある。

周囲は、ほとんど旗本屋敷だから、なるほど、友治郎がいうように見張りをつづけることはむずかしい。

堀真琴《ほりまこと》は、友治郎と会った翌々日に道場の稽古《けいこ》をやすみ、麹町へ出向いて行き、それがわかった。

「真琴さまは、決して佐久間道場へ近づいてはなりません。あなたさまは、七千石の御大身の御養女さまなのでございますから、このことを忘れてはなりませぬ」

友治郎から、そのようにいわれていたし、真琴も、さすがに軽はずみなまねはできない。

しかし、道場の様子だけは見ておきたいと考えたのだ。

男装の真琴は、さらに塗笠《ぬりがさ》をかぶり、顔を隠した。

麹町九丁目の通りに伊勢屋《いせや》という呉服屋がある。その角を北へ入ると、常泉寺という曹洞宗《そうとうしゅう》の小さな寺があり、佐久間道場は、そのとなりにあった。

真琴は、角の伊勢屋でたずね、すぐにわかったので、ゆっくりと佐久間道場へ近寄って行った。

さして大きな道場ではないが、真新しい門構えで、門人らしき侍が出たり入ったりしている。

そもそも、剣客が、このあたりへ道場をかまえるというのは、なかなかにむずかしい。

たとえば、剣術の道場を一つの商売とするならば、此処は一等地である。

よい道場ならば、周辺の旗本の子弟が、ほうってはおくまい。

それだけに、道場主も、すぐれた腕前のもちぬしでなくてはなるまい。

それに、一種の政治力をそなえていなくてはならぬ。

道場の敷地は、おそらく借りたものであろうが、しかるべき後援者がなくては、このあたりに道場をひらくことはむずかしい。

門前に立つと、門内の道場から木太刀の打ち合う音や気合声が、真琴の耳へきこえてきた。

門内から出て来た二人の門人が、門前に佇《たたず》む真琴へ、怪訝《けげん》そうな視線を向けた。

堀真琴の男装はぴたりと板についているから、だれの目にも、これが女だとは見えぬ。

けれども、男の衣装を身にまとった女体ゆえに、そこはかとなく、姿も物腰も優美になることは否《いな》めないのだ。

(これは、やはり、むりじゃ)

真琴は、道場内の稽古を見たい、とおもっていたが、本所の桑田道場のように、道端から自由に稽古が見える道場とはちがう。この道場は門と塀《へい》に囲まれているのだ。

(桑田先生の道場とは、大分にちがう)

のである。

あきらめた真琴は、裏二番町の方へ歩み出した。

少し行って、振り返ると、二人の門人らしき侍が佐久間道場の門前に立ち、まだ、こちらを見ている。

真琴も、こうなると、伯父の……いや、養父の堀内蔵助《くらのすけ》の身分ということを、考えずにはいられない。

(ああ……堀家の養女などに、ならなければよかった)

いまにして、つくづくと、そうおもう。

自分ひとりはどうなってもよいが、江戸時代は、すべてが連帯の責任の上に成り立っていたのだから、その責任が堀家へおよぶとなれば、主人の内蔵助のみか、奉公人たちの身にまで波紋がひろがる。

奉公人と一口にいっても、上は家老から用人、そして鈴木小平次のような給人《きゆうにん》、中小姓、納戸《なんど》役《やく》、勘定方などの家来に、女の奉公人は奥向きの老女、侍女、それに足軽、中間小者などをふくめて八十人余を抱えている。

さらに、堀家の在所（領知）は、常陸《ひたち》の麻生《あそう》にあり、これへ陣屋を設けてあるから、その家来、奉公人をふくめると、奉公人の数は合わせて百五十名をこえるといってよい。

七千石の旗本ともなれば、小さな大名と同じだ。

その養女が自由気ままに暮してい、まして、その上に、深夜の路上で通行の侍を〔なぶりもの〕にするなどということが幕府の耳へきこえたなら、養父・堀内蔵助が責任を問われるのは当然であった。

(私のようなものを養女にして、伯父上も、さぞ、お困りであろう)

塗笠をかたむけて歩みつつ、堀真琴は憮然《ぶぜん》となった。

おもえば、九年前のあの日以来、真琴の人生は大きく変った。

長らく胸の内によどんでいたおもいが、あのようなかたちとなってあらわれ、ひたむきに剣の道へすすむようになろうとは、真琴にとって、おもいおよばぬことであった。

(ああ、これは、もう、どうあっても伯父上にお願いをし、養女の身から解きはなっていただかねばならぬ。それでないと、これより先、私は、何をするか知れたものではないゆえ……)

いつしか、真琴の両眼《りょうめ》から、熱いものがふきこぼれてきた。

何となく、虚《むな》しいおもいが胸に込みあげてきて、どうにもならない。

江戸城の濠端《ほりばた》へ出て、田安御門の近くまで来ると、葭簀《よしず》張《ば》りの茶店が一つ出ていた。

堀真琴は、その茶店へ入り、

「甘酒をたのむ」

と、注文をした。

両刀を帯した若い侍が甘酒をのむとは……茶店の老爺《ろうや》が妙な顔をした。

昼下りの、秋晴れの空を、渡り鳥が群れをなしてわたっている。

五

甘酒が運ばれてきたので、真琴は塗笠を除《と》った。

茶店の老爺は、盆を手にしたまま立ちつくし、目をみはった。

堀真琴の横顔は、女として見るならば、化粧もない顔だし、格別に美しいわけでもない。

けれども、男として見るときは、いかにも若々しく、美しいのだ。美しいから尚更《なおさら》に、凛々《りり》しく感じられる。

甘酒の碗《わん》を口へ運びかけた真琴が、それと気づいて、

「老爺《おやじ》、何じゃ?」

「いえ、あの……別にその、何でもございません」

あわてて、老爺は奥へ入って行った。

この茶店は、夜になると葭簀をかけまわしておき、老爺は近くの住居《すまい》へ帰るのであろう。

磨《す》り生姜《しょうが》の香りを吸い込みつつ、甘酒を味わった真琴が、

「うまい」

おもわず、声にのぼせた。

たちまちに、甘酒をのみ終えて、

「これ、老爺……」

「へい、へい」

「おかわりを、たのむ」

「へ……？」

「おかわりじゃ」

「へい。あの、お口に合いましたか？」

「うまい」

蕎麦だろうが、甘酒だろうが、激しい稽古に明け暮れている真琴の腹中には、いくらでも入る。

「へ、お待遠さまで……」

二杯目の甘酒を受けた真琴に、濠端の道を半蔵門の方からやって来た老人が気づいたらしく、ちょっと足を停《と》めた。

老人も塗笠をかぶり、着ながしの腰には脇差《わきざし》ひとつを帯し、竹の杖《つえ》をついている。

すぐに老人は、茶店へ入って来て、

「久しゅうござる」

笠を除って、顔を見せた。

「あ……関口元道先生」

「よう、おぼえていて下されたな」

「はっ。江戸へおもどりになられたと友治郎どのから聞き、すぐにも御挨拶《ごあいさつ》に参上いたすべきところ、友治郎どのが申されるには、いずれ、折を見て案内《あない》をしてくれるとか……こころならずも今日まで……」

「あ、いや。わしも久しぶりに江戸へもどったので、あちこちへ出かける日が多く、いまのところは留守がちゆえ、さように申したのでありましょう」

「それにしても関口先生。私が桑田《くわた》先生の道場に通っておりますことを、どうして御存知なのでございますか？」

「友治郎は、何も申しませなんだか？」

「はい。いかに問うても、笑うているばかりにて……」

「では、桑田勝蔵《かつぞう》も？」

「そうなのでございます。桑田先生も、ただ笑うておられまして……」

「さようか。いや、実は真琴どの。桑田とわしとは、古いむかしからの剣術仲間でござる」

「えっ……、さようでございましたか」

「実は、江戸へもどってから間もなく、ひょいと桑田の道場を訪れたところ、おもいがけなく、真琴どのの稽古ぶりを拝見して、いやもう、まことにもって、おどろきました」

「まあ……」

と、堀真琴が、めずらしく女らしい声を発し、顔を赤らめ、

「ひどい、関口先生……」

「いや、どうも……」

「桑田先生も、そのようなことは一言も……」

「わしも桑田も、いずれはわかることとおもうていたからじゃ。ま、ゆるして下され」

「いえ、こちらこそ、御挨拶が遅れまして、申しわけの仕様もございませぬ。九年前に、あのような難儀を救うて下されました先生が江戸へおもどりになったと知りながら……」

真琴は片膝《かたひざ》をつき、深く頭をたれた。

「あ、これ……そのようになされるな。さ、お立ち下され。ここでは、ゆるりと語り合うこともならぬ。ちょうどよい折じゃ。ま、ついてまいられい」

「はい」

真琴は茶店の勘定をすませ、いそいそと、関口元道の後にしたがった。

「よう、晴れわたりましたのう」

「はい」

「今日は、どちらへ？」

「は……あの、堀の屋敷へ……」

真琴は、こころならずも嘘《うそ》をついた。

佐久間道場へ近づくことを、御用聞きの友治郎から、かたく禁じられていたからである。

関口元道は、田安御門外から九段坂へ出て、

「今日は、本所へおもどりか？」

「はい」

「ならば、道順と申すものじゃ」

「あの、どちらへ？」

「真琴どの。お昼は、まだかな？」

「はい。ひとりでは、あの……」

いいさして、くびすじを赤らめるところなぞは、やはり女であった。

当時の女が、ひとりで酒飯《しゅはん》の店へ入ったりすることは、ほとんどなかったといってよい。

六

九段坂を下りきった関口元道が、堀真琴《ほりまこと》を案内したのは、飯田町《いいだまち》にある〔宇治橋〕という料理屋であった。

この店の名をもっても知れるように、近年は上方《かみがた》からの業者が江戸へ移って来て、さまざまな商売をはじめるようになった。

〔宇治橋〕は、さほど大きな店がまえではないが、万事に上品で、名物は紫蘇飯《しそめし》に田楽である。

「二階に、しずかな座敷がある。まいられい」

関口元道は前に何度か来ているらしく、出迎えた女中たちも親しげに挨拶をした。

堀真琴は、めずらしげに、あたりを見まわしつつ、元道の後について二階座敷へあがった。

「真琴どの、このような店は、はじめてでありましょうな」

「はい」

若い座敷女中が注文を受けることも忘れ、うっとりと真琴に見入っている。

今年で二十五歳になる堀真琴は、すでに、俗にいう年増女《としまおんな》といってよいが、男装をすると、これが美少年にも見える。

男の衣裳《いしょう》に圧迫された女の肢体《したい》の物腰が、それだけに尚、颯爽《さっそう》として見えるのだ。

関口元道は笑いながら、少しの酒と田楽を注文した。この日、紫蘇飯はなくて、大豆をやわらかく炊き込んだ豆飯にした。

香ばしい味噌《みそ》をかけた豆腐と芋の田楽が、先《ま》ず運ばれて来た。

「わしひとりで相すまぬが、ごめんをこうむる」

こういって、元道が盃《さかずき》へ酒をみたした。

「さ、おあがりなされ」

「はい」

真琴が空腹《すきばら》なのは、もちろんであった。

たちまちに、田楽の一皿《ひとさら》をたいらげた真琴へ、元道が、

「お気に入ったようじゃ」

「はい」

「よろし」

元道は手を打って女中をよび、真琴が一言もいわぬのに、田楽のおかわりを命じた。

「まあ……」

またも、真琴の顔が赤くなる。

その横顔を、何か、ふしぎな生きものでも見るように、若い座敷女中が見入っていた。

「のう、真琴どの……」

女中が去ってから、元道が、

「わしはな、秩父《ちちぶ》の山の中の、郷士の三男に生まれたが、物心がついたとき、父も母も、すでに、この世の人ではなかったのじゃ」

何とおもったか、つぶやくがごとく、語りはじめたものである。

「子供のころのわしは、まことにひ弱くて、一年のうち、半年は病にかかり、祖母や兄たちに心配をかけたものじゃ」

「………」

このような場所で、急に、関口元道の生い立ちを聞かされようとはおもわなかっただけに、真琴は息をつめて、元道を見まもった。

ことに、元道が、両親の顔を知らぬ生い立ちだとは、意外なことであった。

(元道先生は、私と同じような……)

このことであった。

「わしはな、真琴どの……」

「は……？」

「心も躰《からだ》も弱い子供ゆえ、わしは、そもそも、剣術の修行をすることなど、夢にもおもわなかった。真琴どのも、そうではなかったかな？」

「はい、そのとおりでございました」

「そのころ、秩父の兄の屋敷へ、三年に一度ほど、訪ねて見えられた、竹中玄英《たけなかげんえい》と申されるお方がいて、この玄英先生が、自分の手もとへ、わしを引き取って下された」

竹中玄英は、近江《おうみ》の生まれで、当時は京都に住みついていたそうな。

関口元道の父は郷士でもあり、秩父ではそれと知られた医家であった。号を〔宗《そう》意《い》〕という。

「二男の父を医者にしたのは祖父であって、先ず、父は京へのぼって修行をした。そのときに知り合《お》うたのが、竹中玄英先生というわけじゃ」

ところが、郷士の家をつぐ長男が病死したので、二男の関口宗意は故郷へ帰って、家の跡をつぎ、結婚して三男一女をもうけた。

宗意夫婦が死んだのちも、竹中玄英は秩父の関口屋敷を訪れ、亡《な》き親友の遺児たちの相談相手になっていたようである。

竹中玄英は、すぐれた医家であったが、さらに別の面をもっていた。

すなわち、無外流の剣士としての名は、

「知る人ぞ知る……」

ものであったという。

「このままに育てたのでは、元太郎《もとたろう》（元道の幼名）どのは早死をするよりほかはない。この秩父という土地も元太郎どのの躰にはよろしくない。どうであろうか、おもいきって、わしの手にあずけてみなされ。きっと、丈夫な子にしてみせよう」

と、竹中玄英は自信ありげにいう。

二人の兄と祖母は、大分に迷ったらしい。

すると玄英は、元太郎をよび、

「どうじゃ、おじさんといっしょに、京の都で暮さぬか？」

やさしく問いかけるや、元太郎の元道は、いささかもためらうことなく、

「はい」

うれしげに、大きくうなずいたものだから、これには兄たちも祖母も、おどろいたらしい。

何よりも当の本人が、よろこんで行くというのだから仕方もない。

こうして、十一歳の関口元道が竹中玄英にともなわれ、京都へ向ったのは、その年の初夏であった。

「さて、それからのことを長々とはなしてみても、真琴どのには退屈なだけじゃ」

「いえ、さようなことはございませぬ。もっと、いろいろとおはなし下さいませ」

そこへ、女中が田楽のおかわりを運んで来て、すぐに去った。

「わしはのう、おもいもかけぬ剣の道へ踏み入った。医者になる修行もしたが、とても剣の妙味にはおよばなんだわい。真琴どのも、そうではないのかな？」

「はい。そのとおりでございます」

「これだけは、剣の道へ入った者でなくてはわからぬ。な……」

「はい」

「さ、おあがりなされ」

真琴に田楽をすすめつつ、関口元道が、

「真琴どのも、はじめは……ほれ、あの、九年前の、御家来の敵《かたき》を討つ決心にて、剣の道へ入られた」

「はい」

「ところが、入ってみると、ことさら女の身には、おもいもかけなかった剣の妙味にこころをひかれ、修行を積み重ねることの張り合いが何にも増して強く、天分もおありの上に、めきめきと上達をされ、いまに至った」

「そのような……上達などとは……」

はずかしげに、真琴はうつむく。

「いや、そうではない。謙遜《けんそん》を口に出しても、胸の内の自信の強さは余人に負《ひ》けはとるまい。どうじゃな?」

ひとりごとのようにいう関口元道に、じろりと見られたとき、何故か、堀真琴のくびすじに冷汗がふきあがってきた。

「田楽の、おかわりはいかがじゃ」

「い、いえ、もう、結構にて……」

「では、飯にしよう」

関口元道は女中をよんで、飯の仕度をいいつけた。

女中が出て行くと、また、元道が、つぶやきはじめる。

「くわしいことは、よう存ぜぬが、真琴どのは伯父御の御養女となられたそうな」

「は、はい」

「さすれば、七千石の大身の御家をつぐ身となったわけじゃ。その責任《せめ》をわきまえた上で御養女になられたのであろう。七千石もの家を担《にな》う覚悟あってのことと、わしはおもうが、ちがいますかな?」

「………」

「その覚悟もないのに、養女となるはずがない。いかが?」

一語一語、しずかに、低い声で語りかける関口元道の前で、真琴の五体は堅くなるばかりだ。

今日の真琴は、いつもの真琴ではない。

元道の言葉の一つ一つが、真琴の胸の内へ重く沁《し》みとおってくる。

「九年前のあのとき、友治郎が逃げた曲者《くせもの》どもを、すぐに捕えたならば、わしは真琴どのの助太刀をして、敵を討たせてあぐるもよしとおもうたことがある。わしもこれで酔狂者ゆえ、な」

豆飯が、運ばれて来た。

七

御用聞きの友治郎の肚《はら》は、いまや、決まっているといってよい。

友治郎の勘ばたらきでは、件《くだん》の鼻欠け浪人は九年前に堀真琴を襲い、関口元道に鼻を切り落された無頼《ぶらい》浪人に間ちがいはないようにおもえる。

はじめ、真琴が、桑田道場で稽古《けいこ》にはげんでいる姿を見たときは、友治郎も関口元道同様に、

(真琴さまは、まだ、家来の敵討ちをあきらめていない)

と看《み》たのだが、その後、真琴に何度か会ってみるうちに、友治郎は、鼻欠け浪人を、

(お上の手で召し捕り、仕置をしなくてはいけねえ。それが本筋だ)

あらためて、決意をかためるに至った。

九年ぶりに真琴と会ったときは、

(事と次第によっては、真琴さまに敵を討たせてもいい)

友治郎は、そうおもわぬでもなかった。

事件が九年前のことだし、友治郎の勘では間ちがいはないとしても、果して鼻欠け浪人が同一の人物と断定してよいのか、どうか……そこまでの自信はない。

先ず何としても、房州屋の座敷女中お兼が、そっと覗《のぞ》き見をしたという鼻欠け侍の行方を突きとめなくては、どうにもならぬ。

いまのところ、その手がかりは、深川の房州屋と、麹町《こうじまち》の佐久間《さくま》道場の二つしかないのだ。

房州屋のほうは、お兼がいることだし、鼻欠け浪人があらわれたときには、すぐさま、同じ深川の御用聞き新蔵のもとへ知らせが行くことになってい、新蔵は友治郎へ連絡をする一方で、自分の手先をつかい、鼻欠け浪人を尾行し、行先を突きとめる手はずになっている。

しかし、佐久間道場のほうは、このようにうまくまいらぬ。

すでにのべておいたが、まことに見張りにくい。

隠密《おんみつ》の見張りをするには、あまりにも目立ちすぎて、すぐに怪しまれてしまう。

「なあに、どうしてもというのなら、手だてはいくらもある」

こういったのは、友治郎が、その手足となってはたらいている、南町奉行所の同心・小川佐七郎だ。

「そのためには友治郎、その鼻欠け野郎が九年前のやつと同じなのか、どうか、そこのところがしっかりしねえと人数も金も、お上からは出ないぞ」

小川同心にこういわれると、友治郎も、

「間ちがいはございません」

とは、いいきれなかった。

鼻欠けを見たのは、いまのところ、お兼ひとりなのである。真琴なり関口元道が見たのなら、

「大丈夫でございます」

と、こたえることができる。

厳密にいうならば、お兼の密告は推定にすぎぬ。確定ではないのだ。

だが、小川同心や友治郎が、この一件を重くみているのは、もしも、九年前の無頼浪人なら、またしても江戸市中において、

「悪事をはたらくに相違ねえ」

からであった。

間ちがいなしとなれば、九年前の犯行によって召し捕れる。

それには、真琴か関口元道に、

「その鼻欠けの面《つら》を、見てもらうのが、いちばんだ」

ということになる。そのためには、

(何としても、佐久間道場の見張りを……)

友治郎は、あせってきた。

同心・小川佐七郎も、いろいろに考えてくれ、

「その一つは、だれかを道場へ入門させることだ。もう一つは、こっちの手の者を下女か下男に化けさせて、その道場へ住み込ませることだ。それについては、おれも考えてみる。お前も何とか智恵《ちえ》をはたらかせろ」

と、いった。

その一方で、いまの堀真琴が剣術へ打ち込んでいるのは敵討ちのためというよりも、真琴自身が、

(女だてらに、おもしろくておもしろくて、もうやめられなくなってしまったにちがいない)

ことが、友治郎にわかってきた。

もし、鼻欠け浪人の居所《いどころ》がわかれば、すぐさま真琴は乗り込んで行き、亡き山崎金《やまざききん》

吾《ご》の敵を討つであろうが、このたび、友治郎が会って、この一件を告げなかったら、おそらく、敵討ちのことなどは忘れてしまったやも知れぬ。

忘れきれないのなら、いまや、

(あれほどの腕前におなりなすった真琴さまなのだから、剣術の稽古よりも、敵の鼻欠けを探しまわっていなくてはならねえはず……)

ではないか。

関口元道も、いまは友治郎と同じ考えである。

近ごろ、友治郎が聞き出したところによると、真琴の養父・堀内蔵助直照《くらのすけなおてる》は健康を害し、病床にあることが多いとか……。

その養父の屋敷から飛び出した真琴は、好き勝手に、本所の外れの民家に暮し、剣術に熱中し、養父がさし向ける養子縁組の若侍を片端から打ち据《す》えて悦に入っているらしい。

(はて……九年前の、あの娘ごとは、大分に人が変ったような……)

近いうちに真琴を訪ね、外へ連れ出し、語り合ってみようとおもっていた矢先、偶然にも田安御門外の茶店にいた真琴を見かけたので、関口元道は声をかけ、飯田町《いいだまち》の料理屋へいざなったのである。

「飯田町の、蟋蟀橋《こおろぎばし》のたもとに、駕籠由《かごよし》という駕籠屋がある」

と、元道は友治郎に、

「宇治橋を出てから、駕籠由へ行き、駕籠に乗せ、真琴どのを川向うへ帰したが、何やら、しょんぼりとしていたわい」

「へええ……それは、めずらしいことがあるもので」

「どうも、わしは出しゃばりすぎるのう。わしの師匠の、亡き竹中玄英先生が他人のためにつくされたのとは、大分にちがう。わしは、この齢《とし》になっても、まだ、子供のような気分が抜けないのじゃ」

「いえ、それが、あなたさまのよいところなのでございます」

元道は、ほろ苦く笑って、

「それ、お前も、そのようにばかにするではないか」

「と、とんでもないことでございます」

友治郎は、むきになって、

「私は、元道先生を、お見あげ申しているのでございますからね。その私の気持をわかって下さらねえというのは、まことにもって、なさけないことで……」

「よし、よし。わかった。お前が、それほどまでに、この老ぼれを買ってくれていようとは、つゆ、知らなんだわい」

関口元道は軽く頭を下げた。

「そ、そんなまねを、なさらねえで下さいまし」

「友治郎。その鼻欠けが同じやつだとしたら、物騒なことになるぞ。ああいうやつどもは、根っからの悪いやつなのだ。悪事の中で生まれ育ったやつゆえ、いくらでも悪さをする。それが、おもしろくておもしろくてたまらぬというやつだ」

「へえ……」

と、息をつめた友治郎の顔が、いくらか蒼《あお》ざめてきて、

「元道先生は、あのときの鼻欠け浪人の顔を、ほんとうにおぼえていなさいますか？」

「おぼえているとも」

元道のこたえは、きっぱりとしたものであった。

「友治郎。わしにちからを貸せというなら、いつにてもよい。遠慮なくいってまいれ」

八

関口元道に声をかけられ、飯田町の〔宇治橋〕で昼餉《ひるげ》を馳走《ちそう》になった翌日、堀真琴《ほりまこと》は桑田道場の稽古をやすんでしまった。

「めずらしいことがあるものだ」

万右衛門《まんえもん》は、気遣わしげにつぶやいた。

この前に、曲者どもが押し込んで来て以来、真琴は夜になると母屋《おもや》へ泊るのが習慣になった。

ところが昨日は、外出《そとで》から帰って来ると、そのまま自分の離れ屋へ入って出て来ない。

千代が、夕餉の知らせに行くと、

「此処《ここ》へ運んでまいれ」

「でも……」

「よいから、運んでまいれ」

真琴は机の前に坐《すわ》り、千代に背中を見せたまま、妙に沈んだ声で、重々しくいうものだから、

「はい」

千代も、いつものように甘えることができず、母屋へもどって来た。

夕餉がすみ、夜がふけても、真琴は母屋へあらわれなかった。

「そっとしておいてさしあげろ」

「でも、また、この間のように変なやつらが押し込んで来たら、どうするの?」

「大丈夫だ。いざとなれば、それと気づかぬような真琴さまではないよ」

「そりゃあ、ね……」

「何ぞ、考えごとをしていなさるのだろう」

「どんなこと？」

「知るものかい」

万右衛門は、ためいきを吐いた。

そして今日……。

お千代が、いつものように、朝も暗いうちから朝餉の仕度をして、離れ屋へ運んで行くと、

「あ、すまぬな。今日は、稽古をやすむ」

「あれ、まあ……」

真琴は昨夜のままの姿で、机の前に坐っている。

千代が、あたりを見ると、臥床《ふしど》をとった様子もない。

後になって、膳《ぜん》を下げに行くと、半分ほどが食べ残してある。真琴にしては、めったにないことだ。

「あの、真琴さま。おかげんでも悪いのですか？」

「いいや」

「こんなに残してしまって……」

「すまぬ」

と、真琴が妙に、しおらしい声でいう。

「でも真琴さま、昨日から……」

「もうよい。それよりも、万右衛門に来てもらっておくれ」

「はい」

すぐに、万右衛門があらわれた。

「およびでございますか？」

「おお。万右衛門は近ごろ、愛宕下《あたごした》の屋敷へまいるのか？」

「いえ、めっそうもございません。およびがあればまいりますが、さもないときに、私のような身分の者が、まかり出るわけにはまいりませぬ」

「そうか……」

「どうかなされましてございますか？」

「父上の御病状は、ちかごろ、どのようなぐあいなのか、万右衛門は知らぬか？」

「………？」

真琴が、養父の堀内蔵助の病気を案ずるなどとは、かつて一度もなかった。

それに……それにだ。

真琴は堀家の養女となっても、内蔵助のことを「伯父上」とよぶことが多かった。少なくとも万右衛門は、真琴が内蔵助を「父上」とよんだことを耳にしたことはない。

それがいま、たしかに真琴は、

「父上の御病状は……」

と、いったではないか。

万右衛門は耳をうたぐったが、聞き返すわけにもまいらぬ。

「さて……よう存じませぬが……」

「さようか……」

「近いうちに、御見舞いなさいましたら、いかがでございます」

「ふうむ……」

「そのときは万右衛門、お供をいたしますでございます」

「何とのう……」

いいさして真琴が、口の中で何かいったが、きこえなかった。いつにないことではある。

(どうしたのだろう？　昨日のうちに真琴さまに、何ぞ変ったことがあったのだろうか……？)

万右衛門には、わからなかった。

「久しく……」

「はい?」

「いや、あの……久しく、父上のごきげんを、うかがわぬので、何とのう、気が重くなり、行きそびれて……」

「御屋敷へでございますか?」

「さよう」

「な、何をおっしゃいます。愛宕下の御屋敷は、あなたさまのお家《うち》でございます。お帰りになるのに、なぜ、そのような……」

「それはそうなのだが……」

どうも、煮えきらぬ。いつもの堀真琴とは別人のようであった。

「そうじゃ、万右衛門。お前、明日にでも広尾の控屋敷へ行き、鈴木小平次をよんでもらいたい」

「なれど、お殿様のごきげんうかがいならば、鈴木さんをおよびにならずとも、万右衛門がお供をすれば……」

「いや、その前に……」

まだ煮えきらない。

「よろしゅうございます。では、すぐに、これから行ってまいりましょう」

「そうか、そうしてくれるか」

「はい」

「駕籠をつこうてくれるよう。私は千代と留守居をしている。小平次は明日にでも、此処へ来てくれればよい」

「かしこまりました」

母屋へもどった万右衛門は、身仕度をして、

「お千代。あとをたのむよ」

と、出て行った。

しばらくして、千代が台所で洗い物をしていると、堀真琴が音もなく土間へ入って来て、やさしげによびかけた。

「千代……」

「あれ、真琴さま。どうなすったですよう、そんなお顔をして……」

「千代。お前は、私が屋敷へ帰ってしもうたなら、さびしいか？」

急　迫

一

堀真琴が万右衛門を使いに出し、明日にでも来てくれるようにと、堀家の別邸にいる鈴木《すずき》小平次《こへいじ》へいってやったのに、その当日、鈴木は万右衛門宅へあらわれなかった。

真琴は、またも道場の稽古《けいこ》をやすみ、離れ屋へ引きこもったままである。

午後から、雨になった。

「真琴さまは、どうなすったのかね？」

日暮れどきになってから、千代が心配をして、万右衛門に問いかけると、

「ふうむ……」

唸《うな》った万右衛門が、何やら意味ありげな微笑を浮かべて、

「ま、いいわえ」

「だって……」

「なるようになる」

「え……それは、どういうこと？」

「わしは知らぬよ」

その翌日も、雨であった。

この日も、鈴木小平次はあらわれなかった。

午後になって、桑田道場の門人が様子を見に来た。

「桑田先生が、心配をしておられます。お躰《からだ》のぐあいでも、よろしくないのですか？」

「いや、別に……」

「どうなされたのです？」

「いや……ちと、急ぎの用事が重なってしもうて……」

「さようでしたか」

「一両日のうちには、稽古に出ます。そのように桑田先生へおつたえ下さい」

「心得ました」

門人が帰って間もなく、真琴が母屋へあらわれ、

「万右衛門。鈴木小平次が来ぬ」

「そのようでございますな。明日にも、もう一度、行ってまいります」

「そうしてくれるか？」

「はい。わけもないことでございます」

翌日、秋晴れの日和《ひより》となり、万右衛門は朝から出て行った。

真琴は依然、引きこもったままである。

食事の膳を運ぶ千代も、机の前に坐ったまま、黙念と考え込んでいる真琴を見ては、いつものように甘えることもできない。

万右衛門と入れちがいになり、鈴木があらわれるかと真琴はおもっていたらしいが、夕暮れどきに万右衛門だけがもどって来て、

「今日は、鈴木さんが御用事でお出かけだそうで……お帰りは夜になるということでございました」

「さようか……」

真琴は、落胆の色を隠そうともしなかった。

夕餉の後も、母屋へ来ない。千代は、この前の押し込みを恐れるが万右衛門は、

「なあに、わしがいるから大丈夫じゃ」

と、いう。

（それにしても、たしかに、真琴さまはおかしい）

万右衛門も、そうおもっている。

先日、外出《そとで》をした真琴が、関口元道《せきぐちげんどう》と出会ったことを万右衛門は知らぬ。

真琴は、あの日、帰宅してから急に塞《ふさ》ぎ込んでしまったのだ。

翌日も秋晴れとなったが、真琴は稽古をやすむ。

「どうも、妙だのう」

さすがに、万右衛門も心配になったらしく、昼近くなって、

「お千代。もう一度、広尾の御屋敷へ行って来るか」

「そうするがいいよう」

「よし。出かけよう」

万右衛門が身仕度にかかったとき、鈴木小平次があらわれた。

いや、鈴木のみではない。

鈴木と共に、編笠《あみがさ》をかぶった侍がひとり、この侍は堀家の家老・山口庄左衛門《やまぐちしょうざえもん》である。

「これはこれは、御家老さま」

おどろいた万右衛門へ、山口家老が、

「真琴さまは、間もなく、道場からおもどりであろうな?」

「いえ、今日は、おやすみに……」

「ほう。さようか」

山口家老と鈴木小平次は、すぐさま、離れ屋へ向った。

それより先に、千代が駆けて来て、両者の来訪を告げたものだから、真琴は縁側の障子を引き開け、庭先へ入って来る二人を迎えたわけだが、山口家老が万右衛門宅へあらわれたのは初めてのことだけに、

(はて……?)

意外の面《おも》もちであった。

鈴木小平次が、

「先ごろは、たびたびのおよび出しにあずかりましたが、何さま、急に、いろいろと、さしせまったことが出来《しゅつらい》いたしまして……」

両眼《りょうめ》を伏せ、いつもの鈴木に似ず、何やらおずおずという。

山口家老が深く頭を下げてから、

「真琴さま。私めの申すことを、お聞き下されますよう」

うなずいた真琴が、

「先《ま》ず、これへ……」

縁側へかけることをすすめた。

「おそれいりまする」

山口家老は縁側にかけたが、鈴木小平次は庭先へ片膝《かたひざ》をついたままだ。

「何のことじゃ?」

と、真琴の声が微《かす》かにふるえたのは、得体の知れぬ不安を感じたからであろうか……。

「実は、殿様が急の御思案にて、このたび、御養子の縁組が決まりましてございます」

「な、何と……」

真琴は、わが耳をうたぐった。

「は。御家の御養子縁組について、事が決まったのでございます」

山口庄左衛門の声は、おだやかで、いくらか沈痛のおもいがこもっているようだが、その中にも一種厳然としたおもむきがあった。

「よ、養子と申すか?」

「さようにございます」

と、山口家老は言葉短かく、説明をした。

その養子を真琴と結婚させようというのが、堀内蔵助《ほりくらのすけ》の急な決定であった。

「わ、私には何のことわりもなく、さようなことを……」

「真琴さま。殿様の御病状を、何とおもわれますか?」

物しずかに、山口家老がたしなめた。

すると、真琴は唇《くちびる》をかみしめたまま、黙ってしまった。

これを見た鈴木小平次は、よほどにおどろいたと見える。

これまでの真琴ならば「私と手合わせもせず、そのような取り決めに応ずることはできぬ」などと、いい張ってやまぬところなのだ。

「その御養子の御名前を申しあげておきまする」

上眼づかいに、山口家老を睨《にら》む真琴には少しもかまわず、

「その御方は、二千石の御直参《ごじきさん》・織田《おだ》兵庫《ひょうご》様の御三男にて、平太《へいた》郎道良《ろうみちよし》様と申されます」

「う……」

真琴が、鉛の玉でものみ込んだような顔つきとなった。

台所の戸障子の覗《のぞ》き穴へ顔をつけて、この様子を見ていた万右衛門が、茶の仕度をはじめた千代へ、

「茶は出さないでもいい」

と、いった。

「なぜですよう?」

「なぜでもだ」

二

「ならぬ。ならぬ、ならぬ!!」

突然、堀真琴《まこと》は絶叫した。

このような屈辱を受けたのは、はじめてであった。

それは九年前の、あのとき、無頼《ぶらい》浪人に襲われたとき以上のものといってよかった。

事もあろうに、真琴に向って、

「このような女、抱く気もせぬ」

と、いいはなった織田平太郎の妻となることなど、真琴にとって、到底、堪えうるところではない。あのときも真琴は相当な屈辱感を味わったが、今度は、それどころではないといってよい。

「ならぬとおおせあるは、殿様の御言葉を、お受けにならぬということでございますか?」

「申すまでもない。な、な、何で、あのような男と……」

「あのような男、と、おおせあるは、織田平太郎様を真琴さまは御存知なので?」

ぐっと詰った真琴が、

「い、いや……知らぬ」

袴《はかま》をつかみしめた真琴の両手が、わなわなとふるえている。

それを凝《じつ》と見つめていた山口庄左衛門が、

「よろしゅうございます。真琴さまとの御婚儀が、かなわぬのなら、それでもかまいませぬ。いずれにせよ、殿様は、織田平太郎様を御養子にあそばし、堀の御家の跡目を相続させることを御決意になりました。あなたさまも、これまでに殿様が、どれほど御辛抱をあそばされたか……よくよく、お考えなさるがよろしゅうございましょう」

山口家老の口調は、きめつけるといったものではなく、むしろ、苦渋のおもいがにじみ出ていた。

それは、堀内蔵助の決意が、なみなみでないことを、ものがたっているかのようであった。

「何事も、あなたさまの、おもいどおりになさるがようございます」

山口家老は立ちあがり、真琴へ一礼してから、こういった。

「あなたさまがおのぞみなれば、いつにても、御養女の縁《えにし》を解くと、殿様はおおせられました」

きっぱりといい終えて、山口庄左衛門は鈴木小平次をうながした。

鈴木は哀《かな》しげに顔を伏せ、山口家老と共に、立ち去って行った。

真琴は茫然《ぼうぜん》と坐《すわ》ったまま、身じろぎもせぬ。

先日、関口元道から懇々と諭されたことを煎《せん》じつめると、結局は、

「人というものは、この世の中に生きている以上、それ相応の責任《せめ》を負わなくてはならぬ」

と、いうことなのだ。

最小限の責任だけは果さぬと、周囲の人びとへ迷惑をおよぼし、不幸をあたえることになってしまう。人の世は、そのようにできている。

「真琴どのは、わしのような境涯《きょうがい》とは、まったくちがうのじゃ。七千石の家の養女となったからには、その責任を負わねばならぬ。それもわきまえず、養女となったるは不届きの事といわねばなりますまい。そのような心がけでは、剣をもっても一流の人には到底なれぬと、わしはおもうが、どうじゃな？」

元道に、こういわれて、真琴は返す言葉もなかった。

自分の実父であるという〔佐々木兵馬〕なる人物について、堀内蔵助が堅く秘密をまもっているのも、これを表沙汰《おもてざた》にすると、他の人びとへ、何か悪い影響をおよぼすことを考えてのことではなかろうか……。

それにしても、だ。

あまりにも真琴は、愛宕下《あたごした》の本邸へ無沙汰をしつづけてきた。

堅苦しい本邸へ顔を出すのが面倒だというのも、考えてみれば真琴の勝手気ままにちがいない。

それに、養父の内蔵助直照《なおてる》が重病にかかっていると知っていながら、一度も、これを見舞ったことがない。

(父上の、お怒りも当然のことなのだ)

いまにして気づいたが、もう遅い。

関口元道と出会ってより、

(一度、お見舞いを……)

おもったが後ろめたく、そこで、鈴木小平次に介添えをしてもらおうと、よび出したが鈴木はなかなかにあらわれなかった。

そして今日、意外にも、鈴木は家老・山口庄左衛門と共にあらわれた。

そして山口家老は、かの織田平太郎を堀家の養嗣子に迎え、真琴と結婚させようとしている堀内蔵助の決意をつたえたのである。

真琴は、驚愕《きようがく》した。

そもそも、織田平太郎が、どのようにして堀家とのつ、な、が、り、をもったのか、それがわからぬ。

山口家老の言葉に嘘《うそ》がないとすれば、織田平太郎は真琴との結婚を承知しているものと看《み》なくてはなるまい。

真琴との立ち合いを、突然に抛棄《ほうき》して「このような女、抱く気もせぬ」と、いい捨てて立ち去った織田平太郎が、何故、この結婚を受けいれたのか。

（け、怪《け》しからぬ織田め……）

このことについては、怒りを押えきれぬ真琴であった。

あのような侮辱を受けた自分が、何で、平太郎と夫婦になれよう。

（うぬ……）

こみあげてくる怒りはさておき、山口家老は最後に、真琴がのぞむなら、堀内蔵助の、真琴との養女縁組を解くことも辞さぬという決意を告げた。

（ああ……伯父上も……いや父上も、さすがに、この私に愛想《あいそ》をつかされたのであろう）

つい先ごろまでは、おもってもみなかった寂寥感《せきりょうかん》に真琴は抱きすくめられた。

躰中のちからというちからが、一度に抜けてしまったような虚脱、空《むな》しさを、真琴はどうしようもない。

鈴木小平次と共に愛宕下の上《かみ》屋敷を久しぶりに訪れ、堀内蔵助の見舞いをしようとおもいたった真琴の胸の底には、

（これよりは、重病の父上のために……いや、堀家のために、よき養女となろう）

そのおもいが、無意識のうちに潜んでいたことは否《いな》めまい。

今日、突然に、

「養女の縁を解いてもよい」

との、内蔵助の決意を知ったとき、関口元道に諭され、わが心に変化が生じていただけに、堀真琴の衝撃は実に大きく、はげしいものであったといえよう。

三

堀内蔵助の決意は、家老・山口庄左衛門に告げたとおりであった。

では何故に、織田平太郎が堀家の養子にえらばれたかというならば、平太郎が、

「このような女、抱く気もせぬ」

と、真琴へ投げつけた一言が端緒になったといえよう。

あの日。台所の覗き穴から、平太郎と真琴の様子をすべて見とどけていた千代が、これを万右衛門《まんえもん》へ告げたとき、

（これだ。このお人をおいて、真琴さまの手綱をとるお人は、ほかにない）

はっと、万右衛門は直感したのである。

そこで、鈴木小平次に、このことを告げるや、

「ほう。真琴さまに、そのようなことをいえる男がいたのか……」

鈴木は、うれしげに笑って、しばらく沈思していたが、

「よし。織田平太郎さまのことを、殿へ申しあげてみよう」

決然と、いった。

で、鈴木小平次から、織田平太郎のことを聞いた堀内蔵助が、

「会《お》うてみたい」

と、いい出した。

そこで、このことを山口家老のみへ告げ、堀内蔵助は広尾の別邸へおもむき、ひそかに織田平太郎と会談したのだ。鈴木小平次が初対面の織田平太郎を待ちうけて八丁《はっちょう》堤《づつみ》へさそい、あるじの内蔵助との会談を承知させたのは、

「小平次の手柄《てがら》じゃ」

と、内蔵助がほめてくれた。

こうしたときには、すべて、双方の人柄が物をいう。

人柄と人柄が、ぴたりと合えば、おもいもかけぬ結果が生ずる。人柄が合わぬときは、まとまるものも、まとまらなくなってしまう。これは、多くの実例がしめしているとおりなのだ。

堀内蔵助は、別邸の茶室で織田平太郎を見るや、ひと目で気に入ってしまった。

内蔵助が、

(たとえ、真琴が織田どのとの婚儀を承知しなくともかまわぬ。そのときは織田どのをわが養子に迎え、真琴との縁組を解いてもよい)

決意をかためたのは、その日のうちにであった。

(何にせよ、急がねばならぬ)

自分の病気が重く、余命がいくばくもないことを、内蔵助はわきまえている。

すでに発作が起っているし、突然に息絶えてしまうこともないとはいえぬ。いや、その危険は充分にある。なればこそ内蔵助は、あの日、鈴木小平次へ「疲れたなどと、申している場合ではない」と、いったのである。

内蔵助は重病の身を忘れ、織田平太郎を養子に迎えるための工作を開始した。

先《ま》ず、身分の問題がある。

七千石の堀家ならば、何万石の大名の子を養子にしてもおかしくはないのだが、織田家は二千石の旗本で、旗本としては軽い身分ではないけれども、堀家の親類たちが何というか……。

別邸で、平太郎と会ったとき、内蔵助は養子一件については、まだ口にしていない。

養女・真琴の非礼を平太郎に詫《わ》びるという名目で招き、いろいろと語り合ううち、

（平太郎どのなら、わしの養子になってくれよう）

との触感を得た。

それというのも、内蔵助と平太郎も労せずして双方の気が合ったからであろう。

堀家の親類の筆頭は、八千石の大身で牛込に屋敷をかまえる生《い》駒《こま》大隅守《おおすみのかみ》豊恭《とよゆき》だ。この人は、堀内蔵助の叔父にあたり、これも養子として生駒家の跡をついだのである。

生駒大隅守は現将軍・徳川家治《いえはる》から信頼をうけているし、老中・田《た》沼《ぬま》意次《おきつぐ》とも親交がある。七十をこえている大隅守だが、まだ隠居もせず、矍鑠《かくしゃく》として、将軍側近の御《お》側衆《そばしゅう》という役目をつとめている。

この人がちからを添えてくれれば、何よりも心強い。

堀内蔵助は病軀《びょうく》をおして、生駒屋敷を訪問した。

「おお、外出《そとで》が適《かの》うほどによくなられたか……」

よろこびの声をあげた生駒大隅守だが、内蔵助の顔色《がんしょく》がすぐれないのを看てとって、

「何事か知らぬが、御使者をつかわされなば、それにてよろしかったものを……」

「いえ、さようにはまいりませぬ。実は……」

と、堀内蔵助が織田平太郎養子の件について語るや、

「それほどに、そこもとが見込まれた男なるか？」

「はい」

「む、よろしい。いかようにも、ちからぞえをいたそう」

意外にも、大隅守は即座に快諾をしてくれたではないか。

もっとも大隅守は、かねがね、真琴を養女にすることを最後まで反対した人だが、内蔵助の「堀家の血すじを絶やしたくありませぬので……」という願いを、しぶしぶ容《い》れたのであった。

場合によっては真琴の縁組を解く、とまで決意をした内蔵助へ、

「それでのうてはならぬ。男を男ともおもわぬ女武道など、われらに用はない」

と、大隅守はいった。

ともあれ、おもいのほかに速く、工作の土台はかたまった。あとは、織田家へ養子縁組を申し込むだけだ。他の親類たちも生駒大隅守が承知したとあれば、反対するものはあるまい。

ただし、申し込みをしたからといって、織田家が承知をするかどうか、だ。

堀内蔵助は織田平太郎と会見をして、

(大丈夫じゃ)

直感をしていたけれども、こればかりは申し込んでみないとわからぬ。

生駒大隅守は、老中の田沼意次に仲介をたのんだ。

田沼老中は、いまを時めく幕府政治の最高権威者であるが、親交のある大隅守のた

のみとあれば、これを断わるような人物ではない。

田沼老中は、神田橋御門《かんだばしごもん》内の本邸へ、平太郎の父・織田兵庫《ひょうご》を招き、養子縁組のことを申し入れた。

織田兵庫は、一応、平太郎の意志をたしかめてから御返事をいたしますとこたえたが、よろこびの色を隠さなかったそうな。

二千石の織田家の三男が、七千石の大身の家の跡つぎとなるのだから、父親がよろこぶのは、当然である。

帰邸した織田兵庫が、このむねを平太郎へ告げ、

「どうじゃ？」

「一夜、考えさせていただきます」

「よい縁組とおもうが……」

「はい」

翌朝となって、織田平太郎が父・兵庫へ、

「お受けいたします」

はっきりと、こたえた。

これで、決まった。

生駒大隅守と堀内蔵助は、この縁組を幕府へ届け、ひいては将軍の許可を得るため

の工作にとりかかった。そのための費用も少なくないが、大隅守が現役でいてくれたことが、すべてを有利に運びつつある。

四

日毎《ひごと》に、秋は深まりつつあった。

南町奉行所の同心・小川佐七郎が、或日《あるひ》、御用聞きの友治郎《ともじろう》を、八丁堀の自宅へよびつけて、

「おい。どうやら、うまく運びそうだぜ」

と、いう。

「へ……?」

「佐久間《さくま》道場の一件だよ」

「どうなりましたので?」

「三年坂に屋敷がある、奥津孫四郎《おくつまごしろう》という六百石の直参《じきさん》、二男で国太郎というのが、むかし少年《こども》のころ、おれと同じ道場で、剣術の稽古《けいこ》をしていたのをおもい出してな」

「はい、はい」

「で、早速に訪ねて行ったら、やつめ、三十をこして、まだ養子の口もかからねえと

いうわけさ」

「三年坂といえば、佐久間道場の、すぐ近くでござんすね」

「それよ。それでなくては怪しまれるということもある」

奥津国太郎は、小川同心からわけを聞いて、

「ひとつ、ちからになって下さいよ」

たのまれると、即座に、

「引きうけよう。退屈でたまらなかったところだ」

「近ごろ、稽古はしていますか？」

「ずっとやっていない」

「それは、ちょうどいい。躰《からだ》が鈍《なま》ってしまったので、また稽古をはじめたいと、こういって佐久間道場へ入門して下さい」

「よし、心得た」

「ですが国さん。こいつは、なかなかにむずかしい仕事なのだ」

「わかった。どのようにしたらいいのか、おぬしの指図のままにやる」

「そうして下さい」

同心・小川佐七郎と二刻《ふたとき》（四時間）もの間、相談をした奥津国太郎は、

「実は今日、入門をたのみに佐久間道場へ出かけているはずだ」

「旦那《だんな》。こいつはありがたい。どうやらこれで……」

「まだ早いぜ。それに道場の門人であれば、夜も詰めかけるわけにはいかねえ。これだけでは充分でない」

「やはり、下女か下男のような……」

「うむ。だからな、もう少したったら奥津の口から、うまく、下男をひとり、佐久間のところへ入れてもらうように、たのみこませるつもりなのだ」

「なるほど」

「だが、すぐというわけにはいかねえぜ。それなりの日数《ひかず》をかけなくては、な」

「ごもっともで……」

「こういうとき、急《せ》いてはいけねえ。いいか、友治郎」

「はい」

「お前のほうで、その下男に入りこませても大丈夫なやつを、えらんでおいてくれ。どうだ、あたりはついているか？」

「はい……二人三人はおります」

「よし、それで決まった。ともかくも何とかして、その鼻欠け野郎と佐久間道場のつながりを突きとめなくては、こっちも手が出せねえ」

「さようで」

「いざとなったら、高島《たかしま》さんへはなして、人数も出してもらい、手っ取り早く鼻欠けを御縄《おなわ》にするつもりだ」

小川同心が「高島さん」といったのは、小川の上司で、南町奉行所の与力・高島斧《お》次《じ》郎《ろう》のことだ。

友治郎は八丁堀から帰ると、すぐさま、自分がつかっている下っ引（密偵《みってい》）の彦太《ひこた》郎《ろう》をよんで、くわしい事情は語らなかったが、

「彦。いいか、当分の間、おれとの連絡《つなぎ》を絶やさねえようにしていてくれ」

「ようござんすとも」

彦太郎は、白金《しろがね》の通りで小間物と煙草《たばこ》を商う小さな店をやっているが、お上の御用とあれば、このほうは女房《にょうぼう》にまかせておいて、友治郎のために骨身を惜しまずにはたらく。

翌日の午後も遅くなって、奥津国太郎から小川同心へ、

「入門をゆるされた。明日から道場へ通うことになった」

との知らせが届いた。

同日の夕暮れどきに、深川・相川町の料理屋〔房州屋〕へ、佐久間八郎があらわれた。

（あの鼻欠け侍が、来るやも知れない）

座敷女中のお兼《かね》は、緊張した。

すぐさま、お兼は、下の若い女中にたのみ、入船町の御用聞き新蔵のもとへ、

「例のものが届きました」

と、急報した。

新蔵は手下の若い者二人をよび、一人を目黒の友治郎へ知らせに走らせ、一人を自分が連れて、房州屋へ行き、客となって別の座敷へ入った。

佐久間八郎は、ひとりきりで、ゆっくりと酒をのんでいる。

あいにく、覗《のぞ》き穴のある小座敷が別の客でふさがっていたけれども、

(こうなったら、逃《の》がすことじゃあねえ)

入船町の新蔵は、鼻欠け侍の尾行のための準備をととのえていた。

佐久間八郎の座敷へ出ているお兼が、

「まだ、見えません」

時折、新蔵の座敷へ、知らせにあらわれた。

それから半刻(一時間)ほどして、佐久間八郎を訪ねて来た六十がらみの侍がいる。

鼻欠け侍ではなかった。

ほかならぬ、戸田金十郎の家来・中島辰蔵《なかじまたつぞう》であった。中島は町駕籠《まちかご》でやって来た。

「そうか、鼻欠けではねえのか……」

お兼から、そのことを聞いた新蔵へ、

「でも、これから来るのでは……」

「そうだな」

御用聞きの新蔵は、中島の行先も突きとめる気になり、傍《そば》にいる手先の庄吉《しょうきち》へ、

「いいか、そのつもりでいろよ」

と、いった。

半刻ほどして、中島辰蔵は、待たせてあった町駕籠で帰って行く。

「庄吉、尾《つ》けろ」

「合点です」

庄吉を尾行させておき、新蔵は房州屋へ残った。何となれば、佐久間八郎がまだ残っていたからである。

間もなく、房州屋から駕籠をよばせて、佐久間が帰って行った。

このほうは、新蔵が尾行した。

新蔵は夜ふけて、入船町へ帰って来た。

その少し前に、目黒から友治郎が駆けつけて来て、新蔵の家で待っていた。

すでに、庄吉はもどって来ている。

「新蔵さん。面倒をかけてすみませんでした」

「何の何の……ところで庄吉、どうだった?」

「へい。本所の林町一丁目の、戸田金十郎という御旗本の屋敷へ入りました」

「ふうん……」

新蔵と友治郎は、顔を見合わせた。

これには二人とも、心当りがなかった。

五

織田平太郎《おだへいたろう》が、堀内蔵助《ほりくらのすけ》の養子となることを決意したのは、二千石の家の三男に生まれた自分が、七千石の家をつぐことができるという冥加《みようが》……それは当然であったけれども、先《ま》ず、何よりも養父となる堀内蔵助を、

(好ましき人……)

と、看《み》たからであった。

平太郎は真琴《まこと》の申し入れに応じ、万右衛門《まんえもん》宅へおもむいたことを内蔵助へは語っていない。

いないが、内蔵助は、万右衛門から鈴木小平次へ告げられ、鈴木が自分へ知らせたことによってわきまえている。

あのときの平太郎は、堀真琴の高慢な態度に怒り、

「このような女、抱きたくもない」

いいはなった、そのときの気持に嘘《うそ》いつわりはない。

しかし、いまは、血のつながった養女・真琴との縁を切ってまでも、自分を養子に迎えようという堀内蔵助の熱意に、

(こたえねばならぬ)

と、織田平太郎はおもった。

同時に、自分としては、

(できることならば、真琴どのを妻にすることができたなら……)

養父の内蔵助は、どのように、よろこぶか知れぬ、できぬまでも、その努力だけはしてみようとおもいたった。

それが、自分を見出《みいだ》してくれた堀内蔵助へ報いる道というものではないか。

自分の胸の内を率直に打ちあけ、共にちからを合わせて堀家の存続をはかる。

もしも真琴が、自分の心に同意をせず、これまでのような傲慢《ごうまん》な性格を捨てきれぬときは、

(もはや、仕方がない)

このことであった。

深い事情は知らぬが、

(真琴どのが、あのような女になったについては、それなりのわけがあるに相違ない。生まれたときから、あのような女ではなかったはずだ)

平太郎は、そうおもう。

堀内蔵助が平太郎へ、真琴について語ったとき、

「われらは堀の血すじを絶やすまいと、切に願うたため、真琴を養女にいたしたが、剣術に熱中するのあまり、わが家のことをかえりみぬようになってしまった。そこもとが真琴を妻にいたしてくれなば、これにまさることはござらぬが……あのような女ゆえ、よも承知はいたすまい。もはや、あきらめてござる」

哀《かな》しげにいった言葉が、いまも平太郎の耳へ残っている。

あの日の立ち合いの件については口に出さぬだけで、内蔵助は知っている。

鈴木小平次は、八丁堤《はっちょうづつみ》で、織田平太郎へ、そのことを語っている。

二千石の直参の子である平太郎だが、三男に生まれただけに、心理的な苦労は、他人にうかがい知れぬものがあった。

(一時も早く……)

剣術の修練を積み、ひとかどの剣客となり、ささやかな道場でよいから、その主《あるじ》となり、

(父や兄を安心させたいもの……)

と、念願していたのである。

年齢も三十をこえてしまい、父も兄も養子縁組の口はあきらめているようで、平太郎が道場でもひらくときは、それなりの援助をするつもりでいるらしかったのだ。

それが、おもいもかけず、大身の堀内蔵助から養子縁組の申し入れがあったものだから、父と兄は喜色を隠そうとしても隠しきれぬ。

(よし。ともかくも、真琴どのを説いてみよう。何もせずにいるというのは、この平太郎の心がすまぬ)

織田平太郎は、もしも真琴が、いま一度の立ち合いをのぞむときは、

(それもよし)

勝ち負けは別として、これにこたえるつもりになった。

明日は、小梅の万右衛門宅へ出かけるつもりになった前日に、間宮道場を引きあげるとき、平太郎は道場の稽古でつかっている木太刀を袋に入れ、屋敷へ持ち帰った。

六

同じ夜。

向島の料理屋〔大村〕の離れ座敷で、かの頭巾《ずきん》の浪人・滝十兵衛《たきじゆうべえ》と、戸田金十郎の家来・中島辰蔵が密談をしている。

〔大村〕は、諏訪明神《すわみようじん》の横道を東へ入ったところにあり、あたりは田園の風景といってよい。こうした場所に、風雅なわら屋根の母屋《おもや》と、いくつかの離れ座敷を設けた〔大村〕には、大身の大名も忍んで来るというし、江戸の富商の間でも評判の店である。

大川（隅田川《すみだがわ》）の水を引き込んだ小川が庭にながれ、木立にも竹林にも細心の工夫がなされてい、料理もうまい。格式も高いが値も高いそうな。

このような料理屋へ腹心の家来をさしむけ、滝十兵衛と密談をさせているのだから、いかに千石の旗本とはいえ、戸田金十郎のふところは大分にあたたかいと看てよい。

いまは、佐久間八郎《さくまはちろう》を仲にたてなくとも、中島と滝だけで連絡がつくようになっている。

道理で先夜、佐久間が深川の房州屋へあらわれ、中島と会ったときも、滝十兵衛があらわれなかったはずだ。

酒肴《しゆこう》が出て、座敷女中が去った後で、滝十兵衛が、

「中島殿。堀真琴は明日、斬《き》って捨てます。さよう、御主人へおつたえ願いたい」

「おお、さようか。では、かねて打ち合わせたごとく、朝の……さよう、五ツ半ごろ

までには、かならず、手筈《てはず》をつけておきましょう」

「たのみます」

といって、滝十兵衛が頭巾をぬいだ。

いまさら、いうまでもなく鼻が欠けていて、これを見るたびに、苦笑をかみ殺していた中島辰蔵も、いまは慣れた。

この鼻欠け浪人の正体については、すでに読者も気づいておられよう。

九年前に、仲間の浪人と少女だった堀真琴を襲い、関口元道《せきぐちげんどう》に鼻の頭を切り落された無頼《ぶらい》浪人が、滝十兵衛なのである。

当時の人相書に、

「小肥りの体格……」

と記されていたのが、十兵衛だ。

あのときの仲間の浪人は、高尾半助という名前だったが、いまは、もう、この世にいない。業病《ごうびょう》にかかり、死んでしまったのだ。

滝十兵衛は九年前の少女が、堀真琴だとは少しも知らぬ。いや、わからなかった。

これまでに二度ほど、深編笠《ふかあみがさ》をかぶり、桑田道場の外から真琴の稽古ぶりを見て、

(これなら、おれに斬れる)

その自信を深めた滝十兵衛だが、いまの男装の真琴からは、九年前の少女を想起さ

せる何物も消えている。

真琴も変ったが、十兵衛も変った。

同じ悪の世界に生きていても、九年前のように、通りがかりの少女を犯すようなまねはしていない。いや、そのようなことをすれば、すぐにわかってしまうだろう。

関口元道に、鼻先を切り落されたことは、当時の十兵衛にとって、致命的なものといえた。

鼻欠けの異相では隠し切れぬ。それを隠すための頭巾をかぶればかぶるで、また目立つ。

一時は、絶望にさいなまれた滝十兵衛だが、

(よし。それならば、小さな悪を捨て、大きな悪をつかんでくれよう)

と、決意したのが、今日《こんにち》の十兵衛となったわけだ。

この九年間の、彼がして来たことや、通った道のありさまを語っていたら、おそらく一巻の本を書かねばなるまい。

十兵衛の暗殺のわざは、いよいよ磨《みが》かれてきた。

財力と名誉をもつ人びとの裏側へ入り、血にまみれる仕事をすれば、その依頼人のちからによって、十兵衛は身を隠しつづけることができる。

今度も、七千石の大身旗本の養女を暗殺するという〔仕事〕なのだ。

「なれど中島殿。かの女め、明日、桑田道場へおもむくようなことはあるまいな?」

「何があったか知れぬが、このところ、ずっと万右衛門宅へ引きこもったままだそうでござるよ」

「さようか」

「もしも、手ちがいがあったときは?」

「そうなれば、夜になりますな。場合によっては老爺《おやじ》も小娘も一緒に……」

「消してしまうか。そのほうが手っ取り早いのだが……」

「まあまあ、急《せ》くにはおよばぬ」

「それは、まあ、そうですな」

「滝さんが引き受けてくれたことだ。いずれは、あの女め、この世から消えましょうよ」

「それは、受け合う」

　中島辰蔵と滝十兵衛は気が合ったようだ。

　どうやら、滝十兵衛は明日の昼間に、それも午前中に堀真琴を襲うつもりらしい。

　暗殺には夜に入ってからのほうがよいのだけれども、真琴の場合、夜になると却《かえ》って警戒が強くなる。それは、この前の夜に押し込みをかけて失敗しているので、あたりに人家はないし、

「むしろ、これは日中に入って行き、素早く斬り殺してしまったほうがよいのではないか」

と、いい出したのは、戸田金十郎であった。

そこで、中島辰蔵と滝十兵衛が三度ほど会って計画を練ったのである。

戸田金十郎は、なるべく、万右衛門と千代には、

「害をおよぼしたくない」

と、いった。

この前に、万右衛門と千代を誘拐《ゆうかい》しようとして失敗したので、それを気にかけているらしい。

戸田金十郎としては、真琴への怨《うら》みをはらせば、

「それでよい」

のである。

この前は、真琴を殺す前に、苦悩させようというので、あまりにも計画に手数をかけすぎ、失敗したのであるから、今度は、腕のきいた暗殺者によって、ひとおもいに、

(片をつけたい)

と、おもっているのだ。

七

翌日は、よく晴れわたったが、風が強く、朝方などは、かなり冷え込んだ。

「まるで、冬が来たようだね」

台所で、朝餉《あさげ》の仕度をしながら、千代が万右衛門にいった。

「こうなると、駆け足で冬になる。心細いなあ」

「真琴さまは、今日も、お稽古《けいこ》をやすむらしいねえ」

「うむ……」

「いったい、何を考えていなさるのか……」

「ま、そっとしておいてあげるがいい。世の中のことは、なかなかうまく運ばぬものだよ」

千代が、真琴の離れ屋へ朝餉の膳《ぜん》を運び、母屋へもどり、万右衛門と朝餉をすませ、ふたたび離れ屋へ行き、真琴の膳を下げて来た。

真琴は、あまり食欲がないらしく、膳の上のものには、ほとんど箸《はし》をつけていない。

「真琴さまは、病気になったのかねえ？」

「大丈夫だよ」

こたえた万右衛門も、浮かぬ顔であった。

自分が、織田平太郎のことを鈴木小平次へ告げたのは、

(あの、お方ならば、真琴さまの梶《かじ》を取って行けるにちがいない)

と、直感をしたからだ。

それが、おもいがけぬ結果を生んでしまった。

織田平太郎と会った堀内蔵助は、真琴を廃しても平太郎を養子に迎える決意をかためた。

万右衛門にしても鈴木小平次にしても、このように速く事が運ぼうとは予想をこえたものであった。

このごろは、すっかり萎《しお》れきっている真琴を見ると、意外でもあり、気の毒にもなる。

「このような女は、抱きたくもない」

と、いいはなった織田平太郎だ。よもや、真琴を妻に迎える気はあるまい。

(わしは、どうも、よけいなことをしてしまったようだ)

いまの万右衛門は、むしろ悔いている。

これより先……。

織田平太郎は、神田《かんだ》・駿河台《するがだい》の父の屋敷を出て、小梅村の万右衛門宅へ向った。

今日の稽古は、やすむことを前日に間宮新七郎へ届けてある。

塗笠をかぶり、木太刀の袋を左手に持ち、羽織・袴《はかま》の姿で、平太郎は両国橋を東へわたった。

あれから、堀内蔵助は親類筆頭の生駒大隅守《いこまおおすみのかみ》と共に奔走をつづけた。

そして、将軍と幕府へ対する手つづきを、つぎつぎに終えた。

来《きた》る十二月の五日、平太郎は、将軍・家治《いえはる》に拝謁《はいえつ》することに決まったのだ。

この拝謁によって、織田平太郎あらため堀平太郎道良《みちよし》は、正式に堀家の跡をつぐことがみとめられることになる。

将軍家への目通りが終るまでは、

「何としても、寝込むようなことがあってはならぬ」

と、堀内蔵助は気力を振りしぼっている。

主治医の武田玄春《たけだげんしゅん》は、はらはらして、しきりに休養をすすめるが、

「いま、病床についたならば、ふたたび起《た》てぬ」

内蔵助は、そういって、玄春のすすめを聞き入れぬ。

堀内蔵助は、死を覚悟しているかのようで、なればこそ、織田平太郎との養子縁組を急ぎに急いでいるのであろう。

いまや、内蔵助には、真琴のことなどを念頭に浮かべる余裕はなかった。

八

万右衛門宅では……。

朝餉の後片づけをすませた千代が、井戸端へ出て、洗濯《せんたく》をはじめた。

万右衛門は、台所につづいた囲炉裏の前へ坐《すわ》り込み、煙草《たばこ》を吸いながら、何やら考え込んでいるようだ。

そこへ……。

「ごめん下さい。こちらは万右衛門さんのお宅でございましょうね？」

台所の戸を開け、声をかけた男がいる。

五十がらみの男は尻《しり》からげをしており、何処《どこ》からか駆けて来たとみえ、あきらかに息をはずませ、顔色《がんしょく》も尋常ではなかった。

「はい。万右衛門は私だが、どなたで？」

「私は聖天《しょうてん》さまの下の茶店から来たのでございますが、こちらの、お初《はつ》さんが、うちの茶店で急にぐあいが悪くなりまして、いま、お医者さまに来てもらいますが……」

男は息を切らせつつも、一気にいった。

「な、何でございますって……」

おどろいて、万右衛門は立ちあがった。

男が「聖天さま」といったのは、大川の向うの待乳山《まっちやま》・聖天宮のことだ。

「お初」というからには、万右衛門の妹で、千代の実母のことにちがいない。

初の夫の茂助《もすけ》に、万右衛門が田畑をゆずり、そのむすめの千代を自分の養女にして家名をつがせることにしたことは、すでにのべた。

初は、聖天宮への参詣《さんけい》を月に一度はしているし、心ノ臓が悪いことも、万右衛門はわきまえていたし、この病気には万右衛門も縁がある。また旧主・堀内蔵助も同じ疾患をもっているだけに、

「そりゃ、ほんとうかね？」

「はい。お初さんのお宅のほうへも、人を走らせましたが、こちらへもすぐに知らせてくれと、お初さんが苦しい息の下から申しましたので……」

「苦しい息の下……」

「そうなんでございます」

男は、見るからに堅気の、茶店のあるじそのものだし、切迫の様子に、少しの嘘《うそ》も偽りもないようにおもえた。

「それでは、お前さん、お初の家《うち》へは知らせておくんなすったのだね？」

「せがれが駆けつけましたから、もう、わかっておいででしょう。さ、早く。早く

「……」

「よし、わかりました」

万右衛門は外へ出て、

「お千代、大変だ。お前の、お母さんが引《つか》っくり返った」

「えぇっ……」

お千代も愕然《がくぜん》となる。

「さ、すぐに行こう。聖天さまの下の茶店だそうな」

万右衛門は、離れ屋へ向って、

「真琴さま。わしも千代も留守になります。後を、お願い申します」

大声に知らせておき、

「千代。さ、早く来い」

二人とも着のみ着のままで、茶店の男と共に走り出した。

こうしたときには、いつもの舟着き場にある小舟を出し、十間川を東へ突き当ってから、細い水路をぬけ、また堀割《ほりわり》へ入り、源森橋《げんもりばし》をくぐって大川へ出るのがもっとも早い。

万右衛門ほどの男が、この知らせを真に受けてしまったのは、聖天宮下の茶店、妹の心ノ臓の発作の二つが、いちいち腑《ふ》に落ちたからであろう。

妹の初は、当年五十歳で、三年ほど前に、軽い心ノ臓の発作を起したことがある。

さらに、茶店の男が、自分や、妹の家の所在や内々の様子をよく心得ているらしいこと。これは、妹が聖天宮参詣のたびに、この男の茶店へ立ち寄ってやすみ、茶をのみながら、それとなく、茶店の人びとに語っていたにちがいない……万右衛門は、そう直感した。

また、それほどに、茶店の男のいうことは、

「堂に入っていた……」

のである。

ところが、この男は、万右衛門・千代と共に舟へ乗り、大川をわたるまでは一緒だったが、舟からあがったとたんに、姿が見えなくなってしまったのである。

この男の正体をあかしてしまってもよいだろう。

こやつは、役者くずれの無頼者で、名を又十という。

又十は、香具師《やし》の元締・三河屋清七の下にいて、役者あがりだけに、いろいろと重宝な男だ。しかし、このことは三河屋清七も、井戸又兵衛《いどまたべえ》も知っていない。

おそらく、中島辰蔵《なかじまたつぞう》が別の口から、この仕事をたのんだに相違なかった。

中島辰蔵が、このほうの道に通じていることは、井戸又兵衛どころではないのだ。

そうしたことが、すべてあきらかになるには、いま少し、時間がかかる。

九

さて……。

万右衛門《まんえもん》の大声を耳にして、堀真琴《ほりまこと》が離れ屋の障子を開け、縁側へ出たときには、すでに万右衛門たち三人の姿は見えなかった。

(はて?)

何事が起ったのか、真琴には、よくわからぬ。

ともあれ、何か急用があって、万右衛門と千代が何処かへ出て行ったのは、たしかなことだ。

二人が出て行ったとなれば、母屋《おもや》に、だれもいなくなる。

そこで、真琴は脇差《わきざし》を取って着ながしの帯へ差し込み、離れ屋から母屋へ向った。

裏手の竹藪《たけやぶ》が、風に鳴っている。

空は晴れているが、しきりに、雲がうごいていた。

銀杏《いちょう》の葉が、強い風に吹き落され、母屋の台所へ歩む真琴の頭や肩先へ散りかかった。

(二人とも、何処へ行ったのであろう?)

炉端へ坐ったが、真琴は落ちつかなかった。

何となく、胸さわぎがする。

真琴は、炉にかかっている鉄瓶《てつびん》の湯を、茶わんにそそぎ、ゆっくりとのんだ。

炉端には、いつも、三人の茶わんが盆の上に置かれてある。

(私は、堀の家から見はなされてしもうた……)

となれば、女ながらも一剣客として身を立てるよりほかに道はない。そのほかのことは何一つできぬ堀真琴なのだ。

いや、真琴にも、いま一つ、できることがある。

それは、堀家の養子となった織田平太郎《おだへいたろう》と結婚をすることだ。これが、もっともよい。

よいのだが、それを承知するような真琴ではない。

また、平太郎と夫婦にならなくとも、堀家の養女として、つまり平太郎の義妹としていることまで、堀内蔵助《くらのすけ》は反対すまい。真琴が万右衛門宅で暮しつづける費用は堀家から出してもらえよう。

しかし、それには真琴が本邸へおもむき、内蔵助に深く詫《わ》びなくてはならぬ。それは真琴にとって、たまらなく、くやしいことであるが、

(なれど、いまとなっては、そうするよりほかに……)

道はないと、真琴の心は、そこへかたむきつつあった。

（いずれにせよ、これより先の、私のすすむべき道は、剣一筋じゃ）

これからは夜ふけの巷《ちまた》へ出没して、通りがかりの侍をからかったり、髷《まげ》を切り落したりすることは、

（いっさい、やめにしよう。それでのうては、ひとかどの剣士にはなれぬ）

自分で自分にいいきかせているうち、真琴の胸さわぎもしずまってきた。

茶わんの中から立ちのぼる湯気を鼻へ吸い込み、少しずつのむと、さらに元気が出てきた。

（私としたことが、いつまでも、このように気落ちしているとは……よし、明日からは上屋敷《かみやしき》へも挨拶《あいさつ》に出て、道場の稽古《けいこ》もはじめよう。あの織田平太郎を養子に迎えるとなれば、養父上《ちちうえ》の気も落ちつかれよう。そうじゃ、これは私にとって、よいことなのじゃ）

いま尚《なお》、真琴は、

（私にとって、よいこと……）

という思案しか生まれないのだ。

ここにいたるまでの、堀内蔵助の苦悩などを深く察しようとはせぬ。

元気になると、急に腹が空《す》いてきた。

(何ぞ、口にするものはないか?)

真琴は、まだ湯が残っている湯のみ茶わんを右手に持ったまま、立ちあがって炉端をはなれ、台所の土間へ降りた。

そのとき……。

囲炉裏が切ってある板の間の、前庭に面した障子がするりと開いた。

風が強いので雨戸を半分、締めたままにしてあったが、残る半分はいつものように障子を締めてあり、その障子が外から開いたとおもったら、黒い人影が突風のように中へ飛び込んで来た。

男は脇差を抜きはなち、いましも台所へ降り立った堀真琴の背中めがけて脇差を突き入れようとした。

だが、障子が開いたとき、真琴は、その気配に振り向いている。

そして、飛び込んで来る男を見るや、右手の茶わんを男の顔へ投げつけた。

女ながらも堀真琴は、一流の剣客だ。常人が投げつけた茶わんとはちがう。

この茶わんは、みごとに曲者《くせもの》の顔の、しかも鼻すじの上部、両眼《りょうめ》の間の急所へ命中した。

「わあっ……」

曲者は絶叫をあげ、のめるようにして囲炉裏の中へ倒れ込んだ。

鉄瓶の湯がこぼれ、ぱっと灰神楽《はいかぐら》があがった。

「何者だ？」

叫んだ真琴が板敷きの間へ駆けあがろうとしたとき、今度は、台所の戸障子が外側から引き開けられた。

振り向いた真琴が見たものは、すっぽりと頭巾《ずきん》をかぶった侍であった。

これが、滝十兵衛《たきじゆうべえ》であることは、いうまでもない。

滝十兵衛は物もいわず、気合声も発せず、するすると真琴へ迫るや、抜きそばめていた大刀を横なぐりに打ちはらった。

「う……」

片足を土間に、片足を板の間へかけていて、飛びあがる余裕がなかった真琴は、斜め横に、身を投げるようにして躱《かわ》したが、躱しきれなかった。

十兵衛の大刀の切先《きつさき》は、真琴の左の腿《もも》を、ざっくりと切り裂いたのである。

しかし、真琴は一瞬のためらいもなく、われから翻筋斗《もんどり》を打つようにして、転げながら板の間から奥の間へ逃げた。

「うぬ!!」

すかさず、十兵衛は追った。

このとき、囲炉裏の中へ倒れ込んだ曲者が起きあがり、よろけつつ立ちあがりかけた。

よろけながら、足を炉端の右へ出したものだから、ちょうど板の間へ駆けあがった滝十兵衛の足が、これへ引っかかり、十兵衛もよろめいた。

「ええッ……」

邪魔だとばかり、十兵衛が大刀を打ち振った。

くびをすくめた曲者は、またしても囲炉裏の中へ尻もちをつき、

「熱ッ、つ……」

悲鳴をあげる。

もしも、滝の足と曲者の足とがぶつからなかったら、おそらく真琴は、滝の必殺の一刀を受け、息絶えてしまったろう。

曲者は、このごろの滝十兵衛が連れている浪人で沢井弥吉郎《さわいやきちろう》という三十男だ。

滝十兵衛は、先《ま》ず、沢井浪人に真琴を襲わせておき、真琴が沢井に対応する隙《すき》をねらい、一気に仕とめるつもりであった。

万右衛門と千代を騙《だま》し、外へ連れ出したのは、中島辰蔵が入念に万右衛門や初の身辺を調べぬいて、役者くずれの又十と仕組んだのだ。

そして、すべてはうまく運んだ。

沢井浪人の失敗も、滝十兵衛の予定のうちに入っている。

十兵衛のねらいは、沢井が失敗した次の瞬間にあったのだ。

けれども、物事というものは、うまく行かぬ。

倒れた沢井浪人が立ちあがりかけて、右足を出した場所と、滝十兵衛が土間から駆けあがった場所とが、ぴたりと合い、ぶつかり合ってしまった。

偶然である。

偶然だが、こうした場合、偶然ではすまない。

（しまった……）

と、感じたが滝十兵衛の自信が消えたわけではない。

奥の間へ転げ逃げた真琴を追って踏み込みざま、十兵衛は無言の殺刀を真琴の胴体へ突き入れた。

真琴は、まだ半身も起していない。

転げたままの躰《からだ》をくるりと反転させ、十兵衛の突きを躱したかと見る間に、その勢いで奥の間の障子へ体当りした。

さいわいに、脇差は帯から脱していなかった。

音をたてて障子が破れ、外れて、真琴の躰は前庭へ落ちた。

奥の間には、縁側がついていない。

「うぬ!!」

真琴の躰が前庭へ落ちたので、滝十兵衛は、ややあわて気味に走り寄り、上から大刀を打ち込もうとしたが、じゅうぶんではない。

仕方なく、滝は真琴の左手へ飛び降りざま、大刀を振りかぶった。

この間に真琴は、辛《かろ》うじて、半身を起した。

とても立ちあがるだけの余裕はない。右の片膝《かたひざ》を立てるのがやっとだったが、同時に脇差を引き抜くことができた。

そこへ、凄《すさ》まじい刃風を生じて、滝十兵衛の大刀が打ち込まれた。

真琴は、これを脇差ではらった。

はらうのと同時に、真琴の脇差も、はね飛んでしまったのである。

十

堀真琴は、やっと片膝を立てたばかりであったし、腰のそなえもなく、腕にもちからが入っていなかった。

それでも必死に脇差を抜き、滝十兵衛の大刀を打ちはらったのだが、十兵衛の大刀にこもっていたちからに負け、自分の脇差を手ばなしてしまったのだ。それほどに真琴の腕や躰へかかった衝撃が強かったのであろう。

滝十兵衛は打ちはらわれた大刀を引きざま、またしても大上段に振りかぶった。

十兵衛の目の前に、武器を失った堀真琴が片膝を立てたまま、竦《すく》みあがっている。

事実、真琴は、

（もはや、これまで……）

観念をした。

亡母や堀内蔵助、山崎金吾《やまざききんご》、万右衛門《まんえもん》、千代などの面影《おもかげ》が、両眼を閉じた真琴の脳《のう》裡《り》を一瞬のうちに掠《かす》めて行った。

十兵衛は、今度こそ、

（殺《や》ったぞ!!）

と、おもったろう。

振りかぶった大刀を打ち込みかけた滝十兵衛の、頭巾からのぞいている両眼へ向けて、斜め右手から疾《はし》って来た一筋の光芒《こうぼう》が吸い込まれたのは、このときであった。

滝十兵衛の右眼へ、小柄《こづか》が突き立ったのである。

小柄を十兵衛へ投げつけた塗笠《ぬりがさ》の侍が、真琴の背後から走りかかり、

「鋭!!」

大刀を抜き打ちに、滝十兵衛の顔面から胸元へかけて斬《き》りつけた。

血けむりがあがった。

さすがの十兵衛も、わずかに身をひねったが躱しきれなかった。

「う……」

呻《うめ》いて、それでも逃げようとおもったのか、右足を引き、反転しようとするのへ、すかさず、侍の一刀が十兵衛の左のくびすじの急所を切り割った。

くびすじから血を噴出させつつ、滝十兵衛が仰向けに倒れた。

塗笠の侍は、織田平太郎であった。

平太郎が万右衛門宅へ到着したとき、母屋《おもや》の内で、ただならぬ物音が起り、堀真琴が外れた障子と共に前庭へ転げ落ちて来た。

つづいて滝十兵衛が飛び降り、真琴の脇差をはね飛ばしたので、平太郎は咄嗟《とっさ》に脇差の鞘《さや》から小柄を引き抜いて投げつけたのである。

織田平太郎は、剣術をまなぶと共に、これはやってみておもしろくなったものだから、根岸流の手裏剣の稽古《けいこ》をつづけてきた。

師の間宮新七郎にいわせると、

「平太郎の手裏剣は、剣術よりも少し上出来……」

だそうで、小柄は手裏剣ではないが、それほどの腕前の平太郎が投げつければ相当の役に立つ。

いずれにせよ、何も彼《か》も一瞬の出来事だったが、母屋の台所から外へ駆けあらわれ

た沢井浪人を見るや、織田平太郎が、

「待て」

「あ……」

沢井は、てっきり、真琴が滝十兵衛に斬殺《ざんさつ》されたものとばかりおもい込んでいたので、びっくりしてしまい、素早く逃げ切れなかった。

織田平太郎は沢井浪人を峰打ちで倒し、気絶せしめた。

大刀を左手に持ち替え、右手に塗笠の紐《ひも》を解《ほど》いた平太郎が真琴の傍《そば》へ駆けもどり、

「真琴どの……」

声をかけたが、真琴は茫然《ぼうぜん》と坐《すわ》り込んだままだ。

「これ、しっかりなさい」

平太郎は真琴の肩をゆさぶりながら、

「安心なされ。曲者どもは打ち倒しましたぞ」

「あ……」

真琴の躰が、ふるえている。

平太郎を見つめる顔も、少女にもどったようで、この前に平太郎が見た憎々しげな女武道の顔ではない。

このとき織田平太郎は、真琴の左腿の傷に気づいて、素早く、羽織をぬぎ、裏地を

引き裂き、血止めの手当をした。

平太郎は手当をするため、真琴の小袖《こそで》の裾《すそ》を捲《まく》りあげた。意外に、ふっくらとした、白い真琴の腿は血にまみれている。

真琴は、腿の手当を平太郎にゆだねきって、いささか虚脱の態《てい》であった。

選《え》りに選って、織田平太郎に危急を救われようとは……その恨めしさを感ずる余裕もなく、堀真琴は、まだ、ふるえている。ふるえつづけている。

このように生死の境を一瞬の間に往来した体験は、一度もなかった真琴なのである。

はじめて人を斬った織田平太郎も、女にしては引きしまった肉置《ししお》きの、真琴の肩を抱きしめているうち、得体の知れぬ昂奮《こうふん》に衝《つ》きあげられ、いきなり真琴の唇《くち》を強く吸った。

「あ……」

真琴のふるえが、はげしくなった。

滝十兵衛は、もう、うごかなくなっている。

引《ひき》鶴《づる》

一

織田平太郎《おだへいたろう》が、浪人・沢井弥吉郎を峰打ちに失神せしめ、これを生け捕りにしたことは、その後の、町奉行所の調べに役立つことになった。

沢井浪人の口から、剣客・佐久間八郎《さくまはちろう》、ひいては中島辰蔵《なかじまたつぞう》と、その主人・戸田金十郎。さらに井戸又兵衛《いどまたべえ》におよぶ調査により、これは、単に堀真琴《ほりまこと》一件のみの事件ではなくなってきたのである。

なんでも、戸田金十郎は千石の旗本でありながら、金貸しのようなこともしていたらしい。

戸田家は父祖の蓄えがゆたかであり、その金を利用し、本所・中《なか》ノ郷《ごう》の大善寺という寺を通じて、金を貸していたのだ。むろんのことに寺の和尚《おしょう》も捕えられ、戸田金十郎は幕府の評定所《ひょうじょうしょ》へまわされて、裁きを受けることになった。

佐久間八郎、中島辰蔵、三河屋清七、井戸又兵衛なども捕えられた。

戸田家には、三代前から用人をつとめていた瀬川太兵衛という忠義者がいて、金十郎が当主となってから、ことさらにきびしく眼《め》を光らせていたので、

「ええ、面倒な……」

とばかり、戸田金十郎は中島辰蔵とはかり、瀬川太兵衛を毒殺してしまったらしい。

「まだまだ、ほかにも、いろいろと……」

余罪が出て来つつあることを、御用聞きの友治郎《ともじろう》が関口元道《せきぐちげんどう》に告げた。

「今年のうちに、お上《かみ》のお調べは終らねえようでございますよ」

「なるほど……ときに友治郎。真琴どのについては、どうなったのじゃ?」

真琴を暗殺しようとした事件が発端になったからには、真琴の例のいたずらも明るみへ出た。これは中島辰蔵や井戸又兵衛が白状してしまったのだから仕方もない。

真琴も取り調べを受けたので、戸田金十郎・井戸又兵衛一件については素直にみとめたが、その他の髷《まげ》切りについては黙っていた。これは織田平太郎から、

「どこまでも黙っているように」

と、念を入れられたからだ。

これを耳にしたとき、関口元道は友治郎に、

「お前が、いつであったか、白金《しろがね》の田圃《たんぼ》道《みち》で見たという怪しげな白い人影は、真琴どのではなかったのかな？」

「あのときも、侍がふたり……」

「髷を切られたらしいと、お前は申したな」

「へえ。ですが、本所と白金では、あまりにも離れすぎています」

「堀家の控屋敷に真琴どのが泊っていたとするなら、どうじゃ」

「あっ……なるほどねえ」

「いや、まったく、あの真琴というむすめは……」

いいさして苦笑を浮かべた元道が、

「真琴どのは、いま、広尾の控屋敷へ帰ったそうじゃな」

「この、お調べがすむまではと、神妙にしているようでございます」

堀内蔵助《くらのすけ》は、家名に関《かか》わることなので、しかるべき筋へ、真琴のいたずらについては無事に、

「相すむように……」

と、奔走をした。

このほうは、どうやら、うまく片づくらしい。真琴のしたことは、

「怪《け》しからぬこと……」

ではあるが、戸田・井戸の両名を懲《こ》らしめたことにもなるわけだ。

真琴は、万右衛門宅から堀家の別邸へもどるとき、かの妖《あや》しき絵巻を、密《ひそ》かに焼き捨ててしまった。

もはや、この絵巻には何の未練もなかった。

別邸へ移る真琴を慕い、その身を心配する千代へ、

「これより先、お上のお調べによって、私の身はどうなるか知れぬが、いずれ、また会えよう」

「いや、いや。いやですよう」

千代が真琴を慕うのは、ひとむかし前の日本の少女が、歌劇の男装スタアにあこがれていた、その感情と同じものであったのだろう。

では真琴が、千代の頬《ほお》へかみついたり、抱きしめたりしたのは何故か……。

そこにはやはり、男装をして、男そのもののような生活をしていた堀真琴ならば……そして本体は、まぎれもない女の肉体をもつ真琴ならば、あのようなふるまいをしたのも、うなずけようというものだ。

それにしても、あのとき……。

滝十兵衛《たきじゆうべえ》の死体を見たときの、真琴のおどろきを、何といって表現したらよいだろう。

織田平太郎の初太刀を受け、滝十兵衛の頭巾《ずきん》は切り裂かれ、鼻欠けの形相があらわれていた。

「あっ。これは……」

それを見た瞬間に、真琴は、九年前の無頼《ぶらい》浪人の顔をおもい出したのである。

真琴の一命を救ってくれたばかりか、織田平太郎は真琴にかわって、山崎金吾《やまざききんご》の敵《かたき》を討ち取ってくれたことになる。

「かたじけない」

真琴が、蚊が鳴くような声で平太郎にいって、うなだれると、平太郎は無言で真琴の躰《からだ》を抱きしめた。

「あっ……」

もがいたが、平太郎の唇は、またしても真琴の唇を襲った。

「あ、いや……」

はじめは、顔を振っていた真琴も、ついに、ぐったりとなってしまったのだ。

やがて、十二月五日となった。

この日。

織田あらため堀平太郎は、他の目見得の人びとと共に江戸城へおもむき、将軍・家《いえ》治《はる》に謁見《えつけん》をした。

これで平太郎は、名実ともに、堀内蔵助の後継者となった。

内蔵助のよろこびは、たとえようもなかった。

「これでよし」

ひとり、うなずいた堀内蔵助は、さすがに疲労の色を隠せなかった。

これまで気を張りつづけ、一度も病床につくことなく、この日を迎えた内蔵助について、主治医の武田玄春《たけだげんしゅん》が、

「奇蹟《きせき》としか、おもえませぬ」

と、洩《も》らしたそうな。

十二月七日。

この日の朝に、芝・愛宕下《あたごした》の上屋敷から、広尾の控屋敷へ、家来の藤森達之進《ふじもりたつのしん》が馬で駆けつけて来た。

堀内蔵助が三度目の発作を起し、倒れたことを真琴へ知らせに来たのである。

「すぐさま、御上屋敷へ……」

「私が、まいって、かまわぬのか？」

「なればこそ、こうして、お知らせにまいったのでござります」

「それは、父上の……？」

「いえ、若殿のお申しつけでござります」

「平太郎どの……」

「はい」

「では、すぐさま」

真琴は控屋敷へ来ても、まだ、男装であった。

「藤森の馬に乗って行く。かまわぬか？」

「はい」

身仕度をした堀真琴が、馬に乗って控屋敷を出ると、藤森達之進は馬側に付き添って走り出した。

真琴が上屋敷へ行くのは、何年ぶりのことであったろう。

三年ほどは行っていなかったようだ。

真琴が到着するや、家老の山口庄左衛門《やまぐちしようざえもん》が出迎えて、

「いざ、御病間へ……」

「かまわぬのか？」

「いささかも、かまいませぬ。さ、御案内つかまつる」

山口家老が先へ立ち、真琴を内蔵助の病間へいざなった。

上屋敷の内は、粛然とした雰囲気《ふんいき》に包まれてい、堀内蔵助の病状が、ただならぬこ

とをものがたっているかのようだ。

奥の病間の次の間へ入ると、そこには主治医の武田玄春が詰めてい、堀平太郎もいた。

平太郎は、真琴を見ると、すぐに立って来て、

「先程、おやすみになられた」

ささやくようにいう。

真琴は、うなずいた。

「さ、これへ……」

「はい」

山口庄左衛門が、平太郎と何やらささやき合ってから、廊下へ立ち去った。

武田玄春は真琴に一礼し、しずかに病間へ入って行く。

真琴は、桐《きり》の火鉢《ひばち》をはさんで、平太郎とならび、

「御病状は？」

尋ねると、平太郎が目を伏せ、

「むずかしい」

「………」

真琴は、声をのんだ。

侍女二人が、茶菓の仕度をしてあらわれた。侍女たちや老女は、小廊下の向うの部屋に詰めている。

堀平太郎が凝《じっ》と真琴を見つめている。

われにもなく、真琴のくびすじへ血がのぼってきた。

二

堀内蔵助が眠りからさめたのは、この日の夕刻であった。

それまで病間に入っていた武田玄春が、次の間へ出て、真琴へ、

「さ、御病間へ」

といった。

玄春は、真琴が駆けつけて来ていることを、内蔵助の耳へ入れたものとみえる。

「かまいませぬのか?」

「およびでござる」

「私を?」

「はい」

真琴は、ちらりと平太郎を見てから、病間へ入って行った。

武田玄春が、平太郎へ何かささやき、これもまた、病間へ入って行く。

真琴が堀内蔵助の枕頭《ちんとう》にいたのは、半刻《はんとき》（一時間）足らずであったろう。病間から次の間へもどったとき、真琴の両眼は赤く腫《は》れあがっていた。

堀内蔵助直照《なおてる》が死去したのは、翌々日の午後である。享年《きょうねん》五十四歳。

息を引き取る間ぎわに、内蔵助は、家老・山口庄左衛門と、平太郎、真琴をよび寄せ、

「わが家を、たのむ」

とのみ、低い声でいってから、昏睡《こんすい》状態となり、そのまま息が絶えた。

前々日、真琴が枕頭に来たとき、内蔵助は、ほとんど口をきかず、ただ、穴があくほどに真琴の顔を見つめているだけであったが、そのうちに、

「真琴、よう聞け」

口をひらいた。

「そなたは……そなたの父・佐々木兵馬《ささきひょうま》と母とのことについて、このわしが、くわしゅう、語らず、何事も隠密《おんみつ》にはからい、そなたを騙《だま》しぬいてきたかのごとくおもうているのであろうな」

「…………」

「なれど、わしとても、知らぬことは知らぬ。また、佐々木兵馬という人物は、わし

が、よう知らぬままに、何処かへ消えてしもうた。この世を去るにあたり、そなたに嘘《うそ》いつわりを申しても、はじまらぬことよ」

「………」

「物事を見る眼《まなこ》は、人それぞれに異なる。いったん、うたがいの眼をもって見るときは、うたがいがうたがいを生み、引いては、それが、ぬきさしならぬものとなりゆくのじゃ。いま、このとき、内蔵助がそなたに申し遺《のこ》すことは、この一事のみじゃ」

堀内蔵助が、こういったとき、もう真琴は、泪《なみだ》をこらえきれなくなっていたのである。

このときに真琴は、内蔵助へ対し、これまでの自分の専恣《せんし》を詫《わ》び、われから堀平太郎との結婚をのぞんだのだ。

内蔵助は何も言わず、うなずいたのみであったが、この結婚により、堀家の血が絶えぬことになったわけで、むろんのことに満足であったにちがいない。

当時の人びと……ことさらに武家が、家名と血筋の存続にかけた情熱と信念は、現代の若者たちにとって無縁のものであろうが、こうした封建の時代を経て、今日に至ったことだけは事実なのである。

世に、究極の新しきものなどはない。新しきものは、古きものの中から生まれてくるのだ。

真琴は、いやいやながら平太郎との結婚をのぞみ、死にかけている養父をよろこばせたのではない。いまや真琴は平太郎を、まったく別の目で見るようになってきた。

その理由は、もはや書きのべなくともよいとおもう。

堀内蔵助の密葬その他が終ると、この年も暮れようとしている。

あの事件については、まだ、取り調べが終っていない。

しかし、堀真琴については、咎《とが》めもなく、すみそうであった。

安永四年（一七七五年）も押しつまった或日《あるひ》の昼下りに、堀真琴が突然、万右衛門《まんえもん》宅へあらわれ、

「あれまあ、夢ではないかよう」

千代を、狂喜せしめた。

「さほどに、うれしいか、千代」

「あい。真琴さまが愛宕下の御屋敷へ、おもどりになると聞いて、もう、お目にかかれないと、あきらめて……」

「何をばかな。私が屋敷へもどれば、お前のほうから会いにまいればよい。なれど、私のほうからは、このように、気ままな外出《そとで》はできなくなる」

「真琴さまは、あのお侍……いえ、平太郎様と御夫婦になるのでしょ、知っていますす」

うらめしげに、千代が口を尖《とが》らせた。

「いかぬか、夫婦《めおと》になっては……」

「真琴さまらしくありませんよう」

「う、ふふ……」

「まあ、いやな。うれしそうに笑ったりして……真琴さまは、それで満足なのですか？」

すると真琴は、真顔になって、

「うむ。まんぞく」

と、いい、さらに口の中で、もう一度「まんぞく」といってから、

「これ、千代……」

「知らない。知りません」

「そのように拗《す》ねずともよいではないか」

「でも……」

「よいか、お前だとて、間もなく嫁に行かずばなるまい。そうなれば、私はひとり、取り残されてしまう。なれば齢《とし》の順ゆえ、私が先に嫁ぐのじゃ」

「いや、いや。私は、嫁入りなんかしませんよう」

「いや、そうではない。そうではない」

真琴は、自分へ、いいきかせるようにいって、

「今夜は、泊めてもらうが、よいか」

「まあ、うれしい」

と、たちまちに千代の機嫌《きげん》は直ってしまう。

「さ、これから、お前との約束を果さねばならぬ」

「なんの約束？」

「ま、よいから、ついてまいれ。これ万右衛門。千代を借りる。よいな？」

「はい。よろしゅうございますとも」

真琴と千代は、例の舟着き場から小舟に乗った。

「千代。今日は、お前にまかせよう」

「あい」

「ほう。船頭がうまくなった。この舟は、お前にあげよう」

「ほんとうですかぁ」

風も絶えて、空は晴れわたり、まるで春のようなあたたかさだ。

竪川《たてかわ》の、一ノ橋の揚げ場へ舟を着けさせ、真琴は千代を連れ、両国橋・東詰の蕎麦《そば》屋《や》〔原治《はらじ》〕へ入った。この店は御用聞き・友治郎に案内されて知り、その蕎麦のうまさにおどろいた真琴が「いつか、お前を連れて行ってあげよう」と、約束をしたこと

がある。

〔原治〕は、元禄《げんろく》以来の有名な店ゆえ、千代の耳にもきこえているが、店へ入って蕎麦を食べるのは初めてだ。

柚子《ゆず》切りの蕎麦を熱く蒸しあげ、あたたかい汁《つゆ》につけて食べる蒸し蕎麦は、この店の冬の名物であった。

「ああ、おいしい、おいしいよう、真琴さま」

あまりのうまさに、千代は泪ぐむほどで、それを見やった真琴が、

「のう、千代。これより先は、私も此処《ここ》へ来て気軽に蕎麦を食べるわけにはまいらぬ。そこで、たのみがある。お前が時折、この店の蕎麦を買《こ》うて、屋敷へ届けておくれ」

「かまいませんか？」

「かまわぬとも」

翌日になって、堀真琴は、御礼の音物《いんもつ》を持ち、桑田《くわた》勝蔵《かつぞう》の道場へおもむいた。

すでに、関口元道や友治郎、それに湯島の道場へ金子孫十郎を訪ね、御礼をのべた真琴である。

真琴の決心を聞き、何よりもよろこんだのは関口元道で、

「それにしても、いつまで、その姿でおられるつもりじゃ？」

「はい。年が明けましたなら、女にもどりまする」

「それを聞いて、安心をいたした」

堀家と関口元道、桑田勝蔵、それに友治郎との関係は、その後も絶えぬことになる。

三

年が明けて、安永五年（一七七六年）となり、堀真琴《ほりまこと》は二十六歳になった。

まだ、広尾の控屋敷にいる真琴だが、一月一日より男装をやめ、女の姿にもどった。
十六、七のころまでは女装でいたのだから、それほど不自然ではないが、何しろ、長年の剣術修行をつづけ、男装でいたのだから、まことに窮屈であったが、これは、すぐに慣れよう。髪は、いわゆる〔つけ髪〕をして後ろへ束ね、紫色の布をもって髪の先を包むようにむすんだ。
この姿で、真琴が、堀家の新当主・堀平太郎へ年始の挨拶《あいさつ》におもむいたときには、家来や侍女たちの間にどよめきが起ったという。

わけても堀平太郎は、真琴の挨拶を受けて、

「これは、これは……」

そういったきり、目をみはり、言葉もなく、しばらくは真琴を見つめたままであった。

間もなく、堀内蔵助《くらのすけ》の本葬があり、その一周忌がすんだ後に、堀平太郎と真琴の婚礼がおこなわれることになっている。それまでには約一年の間があった。

この間、真琴は広尾の別邸で暮すことになり、別邸詰めの家来も侍女も増えた。

いうまでもなく、鈴木小平次も別邸に詰め、真琴の相談相手になっている。

結婚をして、愛宕下の上《かみ》屋敷へ移れば、真琴の日常がすべて変る。

上屋敷は四千坪もあり、家来たちの長屋を塀《へい》の内にめぐらし、書院、表座敷、用部屋、表玄関、使者の間などの〔表〕から、〔奥〕には主人夫妻の居間、寝所その他、規模は小さくとも、それは大名や将軍の御殿と同じであり、いずれは真琴が住み暮す〔奥〕には、老女から祐筆《ゆうひつ》、侍女たちが召し使われ、表と奥の出入りは厳重である。

かつては、それを嫌《きら》った真琴なのに、いまは苦にならぬ。それもこれも、その〔奥〕において、堀平太郎との明け暮れが待っているからなのだ。

一年前の、いや去年の夏までの真琴とくらべたら、何というちがいであろうか。

それをおもうとき、真琴は、ひとり、顔を赤らめるのであった。

小梅村の万右衛門が、急に倒れたのは、早春の或日の朝で、朝餉《あさげ》の後で茶をのんでいるとき、胸の激痛をうったえた。

おどろいた千代が、蒲団《ふとん》を敷いて万右衛門を寝かせ、

「すぐに、お医者さまをよんで来るから、しっかりして……」

いいおいて、外へ駆け出して行った。

(もう、いけないかも知れぬ……)

万右衛門は、覚悟をした。

だれにも口外していないが、万右衛門は、これまでに二度、軽い発作を起している。

しかし、医者にも診《み》せなかった。

妹の初《はつ》と同様に、万右衛門も心ノ臓のはたらきが悪くなってきている。初は、去年の秋に、曲者《くせもの》どものたくらみに利用されたことを聞いて、

「私は一度、あの世へ行きそうになったのだから、もう大丈夫」

と屈託がない。

(ああ、わしも、堀の殿様と同じ病で、お後を追うことになるのか……!)

万右衛門は六十になる。当時の人としては長寿をたもったほうで、この齢になれば、心臓が悪くなっても、ふしぎはない。

(山崎《やまざき》さん。もうすぐに、お側《そば》へまいりますよ)

万右衛門は、亡《な》き山崎金吾《きんご》へよびかけた。

(大丈夫ですよ、山崎さん。あのことは、だれも知りません。知っているのは、この私ひとりでございます。堀の殿様も知らぬまま、あの世へ行っておしまいになりまし

た。真琴さまも、知らぬままに、おしあわせになられましょうよ）

真琴の父・佐々木兵馬は、近江《おうみ》・彦根《ひこね》の浪人と聞いた。広尾の控屋敷が、上屋敷とは全く異なる自由な雰囲気《ふんいき》だったことについて、すでに書きのべておいたけれども、先《ま》ず、控屋敷詰めの山崎金吾が、近くの不二見稲荷《ふじみいなり》裏に住んでいた佐々木兵馬と親しくなった。

それから兵馬が控屋敷内の、山崎金吾の長屋へ遊びに来るうち、この美男の浪人は、いつしか、堀内蔵助の妹・元《もと》と忍び逢《あ》う仲になってしまった。元の侍女が、いろいろに手引きをしたらしいが、上屋敷では、おもいもおよばぬことであった。

これがわかったとき、山崎は驚愕《きようがく》し、或夜、佐々木兵馬を訪ね、

「何もいわぬ。この地を去って、他国へ行ってもらいたい」

いくばくかの金を出したが、こうなると、意外に強情な佐々木兵馬は承知をせず、

「お元どのとの仲を堀様へ申しあげる」

いい張って熄《や》まぬ。

若い二人は、ここで我を忘れ、はげしく口論するうち、佐々木兵馬が抜刀して切りつけて来たので、やむなく、山崎金吾も刀を抜き、たちまちに兵馬を斬殺《ざんさつ》してしまった。

山崎は、兵馬の死体を隠して置き、翌日に上屋敷へ行き、中間だが目をかけていた

万右衛門をよび出し、

「すべてを明るみへ出し、腹を切ろうとおもうのだが、お元さまは兵馬の子をみごもっておられる。その生まれて来るお子のことを考えると、おもい迷っている」

相談をした。

即座に、万右衛門は、

「このことは、あなたさまと私のみの胸にしまっておきましょう。事を明るみへ出したところで、しあわせになる者は一人もおりませぬ。かえって、みなさまが不幸になってしまいます」

山崎をはげまし、この夜、二人して佐々木兵馬の家へ行き、山崎が床下へ隠しておいた兵馬の死体を密《ひそ》かに運び出し、近くの筑紫《つくし》ヶ原《はら》の一隅《いちぐう》へ埋め、始末をつけたのであった。

こうしたことがあっただけに、十年前のあのとき、襲われた真琴を救わんとして、山崎金吾は必死に滝十兵衛《たきじゆうべえ》へ立ち向い、斬殺されたのである。

真琴が、

「山崎は、私の父も同様じゃ」

そういっていたほど、山崎金吾は誠意をつくし、身を捨てて、真琴に仕えてきたのだ。

堀内蔵助も真琴の母も、佐々木兵馬が突然、行方知れずとなったとおもいこんでいた。

内蔵助が別邸の奉公人を入れ替えたりしたのも、妹が不祥の子を産んだことを外に知られまいとしたにすぎぬ。大身旗本としては、それも当然であったろう。

元は、兵馬が逃げてしまったとおもいこみ、真琴を産んでのち、悲嘆がはげしくなるばかりで健康を害し、間もなく死去したのだ。

（ああ、それにしても……織田平太郎さまという、おもいもかけぬ、お方があらわれたおかげで、どうやら……どうやら、真琴さまの身もかたまる。もう、わしは、何一つ、おもい残すことはない）

万右衛門は、もう、胸の痛みも感じなくなった。

そのかわり、意識が朦朧《もうろう》となってきた。

千代が、柳島村に住む老人の医者を連れ、駆けもどって来たとき、すでに、万右衛門の息が絶えていた。

安らかな死顔である。

あたたかい日ざしが前庭にあふれ、北国へ帰る引鶴《ひきづる》の群れが空をわたっていた。

解説

影《かげ》山《やま》勲《いさお》

敵討《かたきう》ちをテーマにした物語には、古来、多くの優れた作品がある。『忠臣蔵』をはじめ、歌舞伎《かぶき》、浄瑠璃《じょうるり》、講談などで人々に流布《るふ》され、理屈抜きで受け入れられた。山本周五郎の『ひとごろし』という短編も人間の弱さを扱った奇妙な上意討ち譚《たん》であり、敵討ちは、我が国ばかりでなく、諸外国にも『ハムレット』などその例は多い。してみれば、敵討ちは人類が共感を得る共通したテーマかもしれない。しかし、女性が敵討ちをするというのは、古今東西やはり珍しい。

池波さんは、かつて産経新聞に『旅路』(昭和五十三年五月〜五十四年五月)という長編を連載した。新婚早々、夫が殺され、若妻がその敵を討つため旅に出る話である。女の敵討ちを扱った短編はあったが、氏の長編としては、最初の作品である。

本書『まんぞくまんぞく』は、これに続く女の敵討ちをテーマにした長編で、昭和六十年五月三十日号から十一月二十八日号まで「週刊新潮」に連載された。

江戸時代も平和の時代に入っていた。七千石の旗本堀内蔵助《ほりくらのすけ》の姪《めい》・真琴《まこと》は、十六歳であった。乳母を見舞っての帰り、二人の浪人に襲われた。供としてついていた堀家家来の山崎金吾《やまざききんご》は、凶剣に斃《たお》れ、真琴も暴行されようとした。暴行される寸前、ふと通りかかった、剣の使い手で、老医師の関口元道《せきぐちげんどう》に助けられた。関口の手により、その一人は鼻を切り落とされていた。これが後の犯人捜しの時の決め手となる。

真琴の父親は、佐々木《ささき》兵馬《ひょうま》であり、すでに亡《な》き人であるといわれるが、その真偽のほどはよく分からない。母親も真琴を産んで間もなく死んでしまった。だから、彼女は、両親とも知らないのである。その代わり、山崎が親代わりとなって真琴を育ててくれた。やがて彼女の出生の秘密は明らかにされるが、とにかく真琴にとって山崎は大恩人だったのだ。

場面は、事件があってから九年後の将軍家治《いえはる》、老中田沼意次《たぬまおきつぐ》の時代に移る。真琴は、この九年間で大きく変化した。堀家の養女になっているにもかかわらず、堅苦しい上《かみ》屋敷《やしき》には近づかず、殺された山崎と、そして自らが辱《はずかし》めを受けたことに対して敵討ちをしよう、と桑田道場で剣の修行に励んでいる。腕はめきめき上達し、道場の師範代を勤めるほどである。言葉つきも男言葉となり、服装なども男のものに変えていた。ところが、真琴には妙な癖があった。生理の時期になると、落ち着かなくなるのだ。川夜の街に繰り出し、両刀差しの男どもをいたぶりたくなる。髷《まげ》を切り落としたり、川に投げ込んだりするのだ。侍の髷は命にも代え難《がた》いものであり、相手にとって、その屈辱は耐え難いものであった。徳川幕府ができて百年も泰平の世が続けば、士道は廃《すた》れ、剣の道も忘れた侍が跋扈《ばっこ》しても不思議はなかった。かれらが真琴のカタルシス解消へ格好のターゲットとして狙《ねら》われたのだった。

縁談が持ち込まれても、「見合いは、この家《や》の裏庭で、双方が木刀を持ってするのじゃ」「万が一にも私が負けたなら、その後に正式の申し入れをすればよい」と言い放ち、過去七人も打ちすえてきた。

ということは、真琴は、剣術が面白《おもしろ》くなり、その復讐心《ふくしゆうしん》も次第に風化してきたのかもしれない。だが、真琴もなぶりものにした相手から付け狙われる立場となり、強盗まがいに押し入られたりもする。そんな何か異変が感じられる状況の中で、九年前の敵を討つべき相手が現れたのである。真琴を襲った二人、そして真琴にいたぶられた二人。この四人の男どもは、裏の暗い部分でつながっていた……。

一方、八人目の縁談の相手となった織田平太郎《おだへいたろう》は様子が少し変わっていた。木太刀を合わせることもなく、一言「このような女、抱く気もせぬ」と言って、さっさと帰ってしまったのである。

『旅路』のなかに次のような記述がある。

「武家の敵討ちというものは、他国へ逃げた犯人を、被害者の肉親が追いかけ、探しもとめて討ち果す。つまり、肉親の怨《うら》みをはらさせるのと共に、これは一種の法律の代行ともなるわけだ。

他国へ逃げ隠れた犯人を討つためには、これがもっともよい。

正当な敵討ちならば、これを藩主が許し、さらに幕府へも届け書を出す。

ただし、いかに肉親といえども、先《ま》ず、父兄の敵を討つのが原則であって、親が子の、兄が弟の、または夫が妻の敵を討つことは例外である。

伯父伯母や、姉や妹の敵を討つことも同様だ。

事情によっては、そうした敵討ちが許可されることもないではなかったが、

『妻が夫の敵を討つ……』

といって、これが正当にみとめられた場合は、ほとんどないといってよい」

敵討ちは、記紀の時代から記録されているにもかかわらず、その研究書や啓蒙書《けいもうしょ》は、意外に少ない。明治四十二年に刊行された平出鏗二郎《ひらでこうじろう》氏の『敵討』（文昌閣、現在、中公文庫）、時代考証家の稲垣史生《いながきしせい》氏の『日本仇討一〇〇選』（秋田書店、昭和五十一年刊）などが代表的なものである。

稲垣氏の、古代四五五年以来の敵討ち事件を一件一件足で調べた労作『日本の仇討一〇〇選』によると、その概要がわかっているものだけでも全国で三百五十件もあるという。

だが、幕府も「全体的に消極的で、罰しもしなければ奨励もしないのである。こういう幕府の態度が、仇討許可証や免許証という証明書を発行するわけはない。届出ても登録して、仇討本懐をとげたとき、敵討に相違ないことを証明してくれるだけであった。その証明があれば殺人罪にとわれず、その場ですぐ釈放される。事前に届出がしてないと、牢《ろう》へぶちこまれて殺人容疑で調べられる」。女が夫（許婚者）の敵を討った例として、弘治《こうじ》四年、織田《おだ》信行《のぶゆき》の侍女津田勝子が佐久間《さくま》七郎左衛門《しちろうざえもん》を討ち果たした事件をあげている。

真琴の場合は、大義名分を表面に押し立てて、このように届け出たり、登録してもらったりするような正式のものではなく、あくまで〝私怨〟であった。姿形、言葉つきまで男になりきって、今は目の前にはいないが、どんな相手が現れても、敵の剣の技術をしのいで打ち倒すべく、ひたすら剣の腕をみがいた。二十五歳まで結婚もせず、自らの手で敵を討とうと剣の修行を続けているというのは、当時としても世間の目には異常と映っただろうが、しかし健気《けなげ》ではある。

こんな真琴だったが、八人目の見合いの相手、織田平太郎が「このような女、抱く気もせぬ」といった一言には、いたく動揺する。自分が女であったことを思い出す、といえば語弊があるか。小男で、疱瘡《ほうそう》の痕《あと》がある「あまり冴《さ》えた容貌《ようぼう》ではない」織田の言葉に、憎らしさを覚えると同時に、彼女のなかで長く沈潜していた〝女〟が、怪しく蠢動《しゅんどう》を始める。そして、いたずらをして、髷を切り落とした侍が落としていった春本を生まれて初めて手にし、夜、一人でひそかに開きながら、何かしら心の騒ぎを感じるのであった。

つまり、ここでは三つの異なったタイプの真琴が描かれている。一つは無垢《むく》な十六歳の女、二つ目は辱めを受けて復讐心に燃え〝男〟になりきった女、三つ目は〝女〟が甦《よみがえ》った女、である。この三段階の変化が、一人の真琴という女性のなかで起こった。それぞれの変化には、必然性をもたせるための伏線がある。復讐のために狂気を装ったハムレットのように、真琴を〝別の人格〟に変化させる必要があった。人間にはちょっとした外的刺激が与えられることによって運命が大きく変わることがあるものだが、真琴の場合も、その典型の一つであろう。結局は、ハッピーエンドに終わるのだが、彼女の変身も、運命にもてあそばれた結果であった。

タイトルの『まんぞく まんぞく』は、織田平太郎との結婚話が煮詰まったころ、真琴が下女の千代に話す言葉である。含み笑いをしながら「まんぞく」を二回繰り返す。男から女へ、まだ十分変化し切っていない過渡期の台詞《せりふ》として、無器用な台詞ゆえに、哀れさと滑稽《こっけい》さが漂う。なぜか、そこに言い知れぬ味わいがある。

池波さんが描く女は、美しく、リアリティーがある。この作品のヒロイン真琴にしても、

「胸もとから双の乳房、胴へかけては肌《はだ》が白く、乳房は豊満ではないが、過不足なく処女のふくらみをたたえている」

「横顔は、女として見るならば、化粧もない顔だし、格別に美しいわけでもない。けれども、男として見るときは、いかにも若々しく、美しいのだ。美しいから尚更《なおさら》に、凜々《りり》しく感じられる」

剣の道に励んでからは「総体に、真琴の肉体は引きしまっていて、ことに両腕の筋肉は、なまじの男よりも鍛えぬかれている」

こうした描写にも、段階的、時間的な変化を追っている。

池波さんは、自らの小説の書き方について、こんなことを話しておられた。

「私は書く前に、あまりストーリーをきちんと決めないことにしているんだ。読者だって作者が初めから筋を決めてかかれば、わかっちゃうんだよね。作者自身どうなるかわからなければ、読者もわからない。作者も読者もはらはらしながらストーリーが進んで行くというのが一番いいんじゃないのかなあ」

池波文学の極意が、この辺りにあるような気がする。

この解説を書き上げた二日後に、容体の急変を聞いた。翌日の平成二年五月三日午前三時、急性白血病のため東京の三井記念病院で逝去《せいきょ》された。六十七歳だった。入院されていることは知ってはいたが、人の命がこれほどまでに脆《もろ》いものであるかを実感した。産経新聞に六十年八月から『秘伝の声』を連載していただく直前、「体力的に、新聞連載はこれが最後になるかもしれない」といっておられた。そのころ六十二歳だったが、命の衰えを感じておられたのであろうか。

少年時代からの趣味であった演劇は、若い一時《いっとき》の本業になった。かたわら小説を書いていたが、やがて小説が本業になってしまった。趣味として絵を描き、映画を見、食べ物にも十分に興味を示した。趣味のうちグルメだけは小説にさりげなく取り込んだ。本業と道楽を、ほどよく調和させた理想的な生涯《しょうがい》だったといえよう。だが、六十七年という人生はこの人にとっては、いかにも短すぎた。やりたいことが多すぎた、と思う。

（平成二年五月、産経新聞文化部担当部長）

この作品は昭和六十一年四月新潮社より刊行された。

まんぞく　まんぞく

新潮文庫　い-16-55

平成　二　年　六　月二十五日　発　行
平成二十年　二　月　十　五　日　三十七刷改版
平成二十年十一月二十五日　三　十　八　刷

著者　池《いけ》波《なみ》正《しょう》太《た》郎《ろう》

発行者　佐藤隆信

発行所　株式会社 新潮社

郵便番号　一六二―八七一一
東京都新宿区矢来町七一
電話　編集部(〇三)三二六六―五四四〇
　　　読者係(〇三)三二六六―五一一一
http://www.shinchosha.co.jp

価格はカバーに表示してあります。

乱丁・落丁本は、ご面倒ですが小社読者係宛ご送付ください。送料小社負担にてお取替えいたします。

印刷・二光印刷株式会社　製本・株式会社大進堂

ISBN978-4-10-115655-2 C0193